Johanna Frey

Ich da drinnen und die da draußen

www.tredition.de

© 2019 Johanna Frey

Verlag und Druck: tredition GmbH, Halenreie 40-44, 22359 Hamburg

ISBN
Paperback: 978-3-7482-5648-9
Hardcover: 978-3-7482-5649-6
e-Book: 978-3-7482-5650-2

Vorwort

Ich war immer ein ernstes Kind. Mehr Denker als Spieler, eher kritisch als unbedarft. Sicherlich spielen meine Gene und die Grundzüge meiner Persönlichkeit eine Rolle. Ich erinnere mich, dass ich mich oft zurückgezogen habe, Vertrauen nur zu wenigen Menschen aufbauen konnte und auch, dass es mir schwergefallen ist, offen auf andere Kinder zuzugehen. Ich hatte nur selten das Gefühl richtig dazuzugehören, hatte Probleme mit Nähe. Nur dann, wenn ich der Überzeugung war, dass es der Mühe wert war, war ich auch bereit, in Beziehungen zu investieren. Das war selten der Fall. Mein Verstand hatte mich nie im Stich gelassen, meine Gefühle umso mehr. Das hatte mich mit der Zeit zu einem sehr kritischen Menschen und zum Einzelkämpfer werden lassen. Leider wurde ich dadurch auch selbstüberschätzend. Ich war tatsächlich der Überzeugung, ganz allein auf mich gestellt, die Anforderungen des Lebens zu bestehen. Ein Kampf gegen Windmühlen, wie ich sehr viel später erkennen sollte.

Lange weigerte ich mich, mir einzugestehen, dass ich psychisch krank bin. Die Stigmatisierung in der Gesellschaft, die Darstellung Betroffener in Filmen, Unwissenheit, Scham- das und vieles mehr lässt uns diese Erkrankung so schwer annehmen. Ich schreibe unter Pseudonym. Die Krankengeschichten der Mitpatienten sind von mir erfunden. Es steht mir nicht zu, reale Fälle zu veröffentlichen.

Die geschilderten erfundenen psychischen Störungen dienen der Verdeutlichung meiner eigenen Empfindungen und
Reaktionen. Dabei geht es nicht um richtig oder falsch, gut
oder böse, sondern lediglich um meine „Konstruktion der
Wirklichkeit", wie es Paul Watzlawick (Prof. für Psychothe-
rapie 1921-2007) beschrieben hat. Allerdings schreibe ich
auch über Menschen, deren Privatsphäre es zu schützen
gilt. Fragen Sie alle Beteiligten nach deren Sicht der Dinge
und die Wahrheit zeigt sich bei jedem anders, geprägt von
den eigenen Werten und Überzeugungen, der persönlichen
Lebensgeschichte, den individuellen Bedürfnissen, dem
Umfeld usw. Ich selbst hatte Unterstützung auf meinem
Weg, stehe zu den Fehlern, die ich oft aus Unwissenheit,
Hilflosigkeit und nicht steuerbarer Verzweiflung gemacht
habe. Anderen räume ich das Recht ein, ihren eigenen
Weg zu gehen und nach der Wahrheit zu leben, die für sie
am besten zu ertragen ist.

Psychische Störungen sind weniger greifbar als körperliche
Erkrankungen – einen Tumor kann man erkennen, einen
Beinbruch sehen, einen Herzinfarkt darstellen. Psychische
Erkrankungen sind viel subtiler. Sie nehmen unseren Geist
in Besitz und beeinträchtigen unsere Persönlichkeit. Das eigene Denken und Handeln wird infrage gestellt, ist tatsächlich ver-rückt. Vielen Betroffenen könnte schneller und besser geholfen werden und dadurch auch Kinder und Partner
entlastet werden.

Ich schildere meine Geschichte sehr komprimiert, habe mich
auf das wesentliche beschränkt. In Wirklichkeit dauerte

meine Therapie über zehn Jahre. In dieser Zeit standen mir zwei wunderbare Ärztinnen und zwei beeindruckende Psychologen zur Seite. Menschen, ohne deren Hilfe ich den Weg nicht hätte gehen können.

In dieser Zeit musste ich lernen, meine Krankheit anzunehmen, mich mit mir selbst zu versöhnen, zu verzeihen, Rückschläge zu überwinden, über meinen Schatten zu springen und auch, wie ich der Gefahr einer neuen Episode entgegenwirken kann. Ich durfte erfahren, dass ich nicht ausgeliefert bin, sondern in vielerlei Hinsicht die Steuerung in der Hand habe.

Ich will Betroffenen und ihren Familien Mut machen. Mut, den sie brauchen, sich der Herausforderung zu stellen und nicht aufzugeben. Es gibt Hilfe und Menschen, die verstehen und beistehen. Es lohnt sich, den Kampf aufzunehmen auch und gerade dann, wenn es sich anfühlt wie ein Kampf zwischen David und Goliath.

Warum?

Warum gehe ich mit meiner Geschichte an die Öffentlichkeit? Gesprächen mit Angehörigen psychisch Kranker kreisen immer wieder um dieselben Themen. Negative Gefühle wie Scham, Wut, Verzweiflung...beeinträchtigen diese Menschen im Alltag. Mein Anliegen ist es, die Öffentlichkeit für psychische Störungen zu sensibilisieren. Ich möchte, dass sie den gleichen Stellenwert bekommen wie körperliche Erkrankungen. Kein Mensch sucht sich diese Störung aus und dennoch werden sie tabuisiert, Betroffene werden stigmatisiert, Schuldzuweisungen werden leichtfertig ausgesprochen.

Im Laufe meiner Erkrankung habe ich unzählige Erfahrungsberichte, Artikel und Ratgeber gelesen. Die wenigsten haben mir geholfen. Im Gegenteil – sie gaben mir das Gefühl unfähig zu sein. Die wenigen, die ein ungeschöntes und unsentimentales Bild auf die Situation der Betroffenen geworfen haben, waren am hilfreichsten. Aussagen wie "Du hast es in der Hand", „Willst du endlich frei sein", „Sorge dich nicht...", zogen mich nur noch tiefer in den Dunstkreis der Depression. Noch schlimmer sind Behauptungen wie „Die Krankheit hat mich stark gemacht!". Sie ärgern mich bis heute und sind meiner Meinung nach sehr unbedacht. Nicht die Krankheit hat mich stark gemacht, sondern die Tatsache, dass ich sie überwunden habe, dass ich gelernt habe damit zu leben. Die Krankheit hat mich geschwächt, mir das Gefühl gegeben, nicht richtig zu sein; hilflos, schwach, ausgeliefert. Ich bin und war ohne sie viel stärker. Ich will Betroffenen Mut machen, sich Hilfe zu suchen und vor allem Hilfe anzunehmen. Ich will ungeschönt und selbstkritisch zeigen, dass ich auf Dauer nur dann Opfer bin, wenn ich es zulasse. Und ich will zeigen, dass manchmal mehrere Anläufe nötig sind, um diesen Weg zu gehen. Ein Weg, der si.ch meiner Erfahrung nach lohnt.

„Das Leben kann nur in der Schau rückwärts verstanden,

aber nur in der Schau vorwärts gelebt werden"

(Sören Kierkegaard, dänischer Philosoph)

1. Teil

Gefangen

Tiger im Käfig

Da ist er wieder. Wie ein ungebetener Gast erscheint er in selbstverständlicher Regelmäßigkeit und zeigt mir sein abstoßendes Gesicht mit weitaufgerissenem Schlund. Ich beginne zu laufen, will ihm entkommen. Dann treten meine Füße ins Leere und ich falle in einen schwarzen Abgrund. Schweißgebadet ringe ich nach Luft. Innerlich getrieben stehe ich auf, gehe in die Küche, öffne die Schublade mit dem Besteck, nehme ein Messer und ziehe es über die Haut am Unterarm. Wenn das Blut fließt, kommt die Erleichterung. Der Druck ist weg. Jetzt spüre ich die Adern pulsieren. Ich gehe zurück ins Bett. Das Grübeln beginnt. Gedanken, die mich nicht zur Ruhe kommen lassen und von einem dichten Grau umgeben sind. Ich bin ausgeliefert, diesem Leben, dass ich so nicht gewollt habe. Ich verachte mich dafür, bin nutzlos und unfähig. Und immer wieder die Frage nach dem Warum. Warum habe ich diesen Weg eingeschlagen? Warum bin ich gefangen in diesem Käfig? Warum bin ich so fremdgesteuert? Wird sich das jemals ändern? Ich weiß, dass am nächsten Morgen der ewig gleiche Trott auf mich wartet und kann nichts dagegen tun. Ich fühle mich wie der Tiger im Käfig, meiner Freiheit beraubt und ausgeliefert. Gegen Morgen schlafe ich ein, wache auf und fühle mich wie gerädert. Jetzt fällt es mir schwer aus dem Bett zu kommen. Die Beine gehorchen mir nicht, und der Kopf ist so unendlich müde. Aufstehen bedeutet Schwerstarbeit. Ich möchte schlafen, in meiner Matratze versinken. Die Sicherheit der Zudecke, die ich mir über den Kopf ziehe, nicht verlassen. Thomas weckt mich, und ich höre die Kinder am Frühstückstisch zanken.

Ich sitze am Tisch, nehme die Umgebung wie durch einen Schleier wahr. Ich höre die Kinder reden, aber das Gesagte kommt bei mir nicht an. Wie in einem Kokon, abgeschottet von da draußen. Es interessiert mich nicht, was um mich herum passiert, auch nicht ob die Kinder ein Pausenbrot dabeihaben. Dafür sorgt Thomas. Mein Blick ist starr und leer, ich verfolge eine Fliege an der Wand, als wäre sie das Wichtigste auf der Welt.

„Ich geh dann", sagt Thomas, „bis heute Abend", und drückt mir einen Kuss aufs Haar.

„Tschüs", rufen die Kinder und rennen zum Auto
„Tschüs", sage ich tonlos, als die Tür ins Schloss fällt.

Jetzt bin ich allein. Eigentlich sollte ich nun den Tisch abräumen und die Spülmaschine einschalten, die Wäsche waschen und einkaufen. Selbst wenn ich wollte, ich kann nicht. Eine unsichtbare Kraft hält mich am Stuhl fest. Die Fliege ist verschwunden und ich starre auf den Tisch. In meinem Inneren fühle ich einen Kloß, ansonsten nichts. Wie eine welkende Pflanze. Mein eigentliches Ich gibt es nicht mehr, nur noch eine Hülle. Tränen rollen über mein Gesicht und tropfen auf mein Nachthemd.

Gegen Mittag wird es langsam besser. Mühsam stehe ich auf und mache notdürftig Ordnung.

Dann gehe ich ins Bad und schaue in den Spiegel. Ich müsste Haare waschen, aber das kann ich morgen auch noch erledigen. Ich ziehe meine alte Jogginghose an, gehe zurück in die Küche an den Kühlschrank. Zum Glück sind noch Eier da, ich werde den Kindern Pfannkuchen machen, für heute meine schwerste Arbeit.

Ich setze mich an den Esstisch und betrachte die Uhr 11.20 Uhr. Die Kinder werden um Viertel nach eins da sein. Um 13.00 Uhr stehe ich auf und schleppe mich zum Herd.

Thomas

Die Veränderung kam schleichend. Ich habe es zuerst gar nicht bemerkt. Gut, sie war genervt und unzufrieden, es gab immer häufiger Streit. Irgendwann gab es dann keine guten Phasen mehr. Sie vernachlässigte den Haushalt, die Kinder, war unkonzentriert und ständig müde. Alles wurde ihr zu viel. Sie wollte nicht mehr ausgehen, keine Freunde treffen, geschweige denn die Familie. Dann ging sie nicht mehr ans Telefon, ließ sich verleugnen und brach ohne ersichtlichen Anlass in Tränen aus. Die Kinder schrie sie an oder ignorierte sie. Auf Fragen reagierte sie ungehalten oder gar nicht. Immer häufiger saß sie da und starrte vor sich hin, als ob sie ganz weit weg wäre. Ich hatte das Gefühl sie nicht mehr zu erreichen. Vor einigen Wochen wollte sie morgens nicht mehr aufstehen, ich musste sie mehrmals bitten und wurde ungehalten. Dann fingen diese nächtlichen Aktionen an, meistens gegen Morgen. Wir haben seit Claras Geburt getrennte Zimmer. Ich wachte von Schritten auf der Treppe auf und dachte zuerst, es wäre eines der Kinder. Als ich nachsehen ging, fand ich sie in der Küche mit einem Messer hantieren. Sie hatte sich selbst Schnitte zugefügt - tiefe Schnitte - sie blutete. Ich war wie vom Donner gerührt, hatte keine Erklärung für ihr Verhalten. Aber immer noch besser, als dass sie in der Nacht mit dem Auto losfuhr und erst Stunden später wieder nach Hause kam. Dann wartete ich nur auf den Anruf der Polizei; Ich traute ihr durchaus zu, mit rasender Geschwindigkeit gegen einen Baum oder Brückenpfeiler zu fahren. Wenn ich sie darauf ansprach schaute sie mich mit diesem abwesenden Blick an und meinte, sie müsse sich abreagieren, aus ihrem Gefängnis ausbrechen. Ich hatte das Gefühl, dass sie unendlich weit weg war, auch wenn wir uns im gleichen Raum befanden.

Als wir uns kennenlernten strotzte sie vor Energie. Sie war witzig und schlagfertig und konnte eine Gruppe allein unterhalten. Ich traf sie zum ersten Mal in einer Bar, eine gemeinsame Freundin hatte uns einander vorgestellt. Von da an waren wir unzertrennlich.

Schon wenige Monate nach unserem ersten Treffen zogen wir zusammen, ein Jahr später waren wir verheiratet. Ihre Flexibilität und Spontaneität machten scheinbar alles möglich. Auch als wir beschlossen eine Familie zu gründen, war sie kurze Zeit später schwanger. Mit ihr ging alles wie im Zeitraffer und wenn etwas unmöglich schien, kam ihr sicher eine Idee oder Alternative. Es war schön in diesem Fahrwasser mit zu schwimmen. Auch als ich meine eigene Kanzlei gründete, unterstützte sie mich vorbehaltlos. Die Kanzlei lief von Anfang an sehr gut, wir bekamen kurz hintereinander zwei Kinder, bauten ein Haus, hatten einen großen Freundeskreis. Besser hätte es nicht laufen können. Ich weiß nicht genau, wann sie begonnen hatte sich zu verändern. Aber genauso intensiv wie vorher ihre nahezu unermessliche Energie war, ist nun ihre Teilnahmslosigkeit. Von einem Extrem ins andere.

Im Kokon

Zwischen Thomas und mir herrscht Stille. Die Spannung in der Luft ist körperlich spürbar. Wir funktionieren in dieser Zeit so gut es geht. Ohne Freude kümmere ich mich um die Kinder, immer mit dem festen Willen, es sie nicht spüren zu lassen. Ich spule mein Programm ab, froh wenn sie im Kindergarten und der Schule oder abends im Bett sind. Ich kann ihnen nicht mehr geben als das Nötigste und fühle mich schrecklich dabei.

Je mehr ich mich zurückziehe, desto mehr fordern sie, je mehr sie fordern, desto abweisender werde ich. Ich ertrage keine Berührungen und keine Nähe.

David wird zunehmend verschlossener. Clara macht nachts wieder ins Bett und ist häufig krank. So hat jedes von ihnen Sensoren entwickelt und eine Möglichkeit gefunden auszuweichen oder dem Schmerz Raum zu geben. Für mich bedeutet das alles zusätzliche Arbeit:

Bett abziehen und waschen, neu beziehen, Termine beim Kinderarzt wahrnehmen, nachts aufstehen, wenn Clara Fieber hat, Gespräche mit Davids Klassenlehrer, weil seine Leistungen nachlassen. Ich funktioniere mechanisch, nicht weil ich will. Immer häufiger greife ich zum Messer, aber auch Bürsten, spitze Steine, Drähte tun ihren Dienst. Wenn gar nichts anderes greifbar ist, genügen auch die Fingernägel. Erst wenn Blut fließt spüre ich Erleichterung. Keinen Schmerz, der kommt später, wenn die Wunde nässt und eitert. Ich betrachte den Schmerz als gerechte Strafe und beklage mich nicht.

Wenn ich zu Hause bin, kommen die Wände auf mich zu, dann kommt die Atemnot und dann diese verdammte Stimme, die mir immer wieder sagt, wie erbärmlich ich bin. Sie beschimpft mich und droht mit Konsequenzen, wenn ich meinen Pflichten nicht nachkomme.

Ich halte mir die Ohren zu, schließe die Augen aber die Stimme zeigt mir, dass sie stärker und mächtiger ist, als meine Bemühungen ihr zu entkommen.

Thomas

Sie entgleitet mir immer mehr. Ich habe das Gefühl als lebten wir auf zwei unterschiedlichen Planeten. Wenn ich sie ansehe, dringe ich nicht mehr zu ihr durch. Ihr Blick ist leer. Wenn ich sie anfasse, reagiert sie bestenfalls mit einer augenblicklichen Starre, schlimmstenfalls wird sie aggressiv und schreckt zurück, als hätte ich ihr einen Stromstoß versetzt. Will ich ihr bei irgendetwas behilflich sein, schreit sie mich an. Immer häufiger muss ich den Impuls unterdrücken, sie zu schütteln, spüre Wut in mir. Dann gehe ich joggen, entlade den Druck, indem ich mich körperlich an meine Grenzen bringe. Ich versuche sie so wenig wie möglich zu reizen, und die Kinder möglichst weit aus der Schusslinie zu halten, unternehme viel allein mit ihnen. In der Kanzlei kann die Arbeit auch nicht liegen bleiben, die Bearbeitung der Fälle, die Gerichtstermine und Vertragsabschlüsse brauchen meine volle Konzentration.

Soziale Kontakte pflegen wir schon lange nicht mehr. Sie ist schon gereizt, wenn das Telefon oder die Türglocke klingelt. Geschäftliche Einladungen nehme ich nur noch allein wahr, mit der Begründung, eines der Kinder sei krank, oder dass der Babysitter abgesagt hätte.

Sie will nicht, dass ihre Eltern oder meine Familie von der Situation erfahren: „Das ist meine Sache und geht niemanden etwas an", meint sie.

Ich stürze mich in meine Arbeit, bin froh so eingespannt zu sein. Das lenkt mich ab und der Erfolg gibt mir Kraft für das häusliche Chaos. Werde ich irgendwann einmal wieder die Frau haben, die ich geheiratet habe.? Neulich machte sie das Angebot uns zu trennen.

„Liebst du mich nicht mehr", fragte ich. „Das tut nichts zur Sache", erwiderte sie, „ich bin nicht gut für dich!"

Ihr Blick war starr.

Weder Schmerz noch Traurigkeit nur diese Leere.

„Wir stehen das gemeinsam durch. Ich bin sicher, dass auch wieder andere Zeiten kommen."
Glaube ich tatsächlich was ich da sagte?"
„Das Angebot steht, wenn du es dir anders überlegst."
Kalt, hart, herzlos. Meine Frau ist ein emotionsloser Stein.

Ich will mich nicht trennen, halte an der Hoffnung fest, dass diese Situation nur vorübergehend ist, obwohl ich nicht weiß wie lange meine Geduld noch reicht. Ich hätte sie so gerne in die Arme genommen, sie gespürt, ihr gezeigt, dass ich für sie da bin.

„Wage es nicht!", sagte ihr Blick.

Die Stimme

Die Stimme wird fordernder, gewinnt mehr und mehr an Macht. Sie zwingt mich Dinge zu tun, die ich nicht tun möchte. Wenn die Kinder auf dem Weg zur Schule sind, muss ich den Tag nach einem ganz bestimmten Muster gestalten. Mir wird verboten vor 11.00 Uhr etwas zu essen. Um Punkt 11 darf ich mir einen Apfel nehmen. Nicht irgendeinen, sondern den, der am wenigsten appetitlich aussieht. Danach muss ich das andere Obst nach einem ganz speziellen Muster neu arrangieren und zwar genau dreimal auf die gleiche Weise. Ich nehme mir den zweituntersten Teller vom Stapel und nach einem Griff in die Schublade erst das dritte Messer, das ich angefasst habe. Dann schneide ich den Apfel in Spalten und esse erst die zweite Spalte von hinten. Ich stelle den Teller in die Spülmaschine, arrangiere ihn jedoch dreimal um. Jetzt muss ich die Flächen, die ich berührt habe, dreimal abwischen. Nach diesem Muster laufen alle Tätigkeiten ab, die ich tagsüber erledige. Ob ich eine Flasche aus der Kiste nehme, ob ich die Wäsche aufhänge, bügele, aufräume oder Zwiebeln aus dem Keller hole. Kartoffeln kochen ist eine Qual, weil ich ewig brauche, bis ich die richtigen ausgewählt habe. Deshalb gibt es meistens Nudeln. Am besten ich mache nichts, dann kann ich auch nichts falsch machen. Auch das Einkaufen nimmt viel Zeit in Anspruch, weil ich niemals die Packung nehmen darf, die vorne steht, sondern die dritte von hinten nehmen muss. Wenn nur noch zwei da sind, darf ich das Produkt an dem Tag nicht kaufen, falls ich es dennoch kaufe, ich mich dem Ritual widersetze, muss ich es sofort auf dem Parkplatz in die Mülltonne werfen. Gleichzeitig muss ich aufpassen, dass die anderen Kunden und die Angestellten des Supermarktes nicht sehen was ich mache. Es ist mir verboten und ich schäme mich gleichzeitig. Ich machte das alles, obwohl ich weiß, dass es unsinnig ist. Die Stimme stellt mich vor die Wahl, entweder die Handlungen ausführen oder verantwortlich sein für ein Unglück der Kinder auf dem Schulweg. Alltägliches dauert ewig, mein Gehorsam ist zeitaufwändig.

Thomas

Ich konnte sie überreden mit den Kindern zu ihren Eltern zu fahren. David und Clara freuen sich, ihre Mutter wirkt abwesend. Ich weiß, dass sie der Kinder wegen zugestimmt hat und auch, dass es für sie eine große Anstrengung bedeutet. Die Beziehung zwischen ihr und meinen Schwiegereltern ist speziell. Sie gehen nicht herzlich miteinander um. Ich habe noch nie gesehen, dass sie sich berührt haben. Eine kalte Wand steht zwischen ihnen. Auch ihr Umgangston war für mich zu Beginn sehr gewöhnungsbedürftig. Sie ist eine andere, wenn sie ihre Eltern besucht. Noch mehr auf der Hut und noch unnahbarer als sonst.

„Da seid ihr ja wieder einmal", Marga kommt uns auf dem Hof entgegen. Die Kinder begrüßen die Oma überschwänglich und gehen gleich in die Scheune zum Großvater, um ihre Gummistiefel anzuziehen und nach den Hasen zu schauen. Großstadtkinder im Kinderparadies. Mit Eimern und Schaufeln bewaffnet machen sie sich auf den Weg zum Bach neben dem Haus. Sie ziehen einen alten Leiterwagen hinter sich her, den schon ihre Mutter oft hinter sich hergezogen hatte, als sie noch klein war.

„Kommt, ich habe Kuchen gebacken, mit frischen Äpfeln aus dem Garten, den magst du doch so Thomas."

Meine Frau wirkt bei den Worten ihrer Mutter wie ein gehetztes Tier.

Wir sitzen am Küchentisch und essen den Kuchen direkt vom Blech. Ich mag dieses rustikale Ambiente. Zwischen ihr und ihrer Mutter entbrennt ein Streit, weil sie sich weigert ein Stück vom Kuchen zu essen.

„Kein Wunder, dass du immer so schlecht gelaunt bist", Marga mustert ihre Tochter abschätzend, „so dünn wie du bist."

Ich merke, wie sich Johanna noch mehr versteift und versuche die Situation zu retten, indem ich vorschlage nach den Kindern zu sehen, während meine Schwiegermutter die Küche aufräumt. In solchen Situationen hilft nur Deeskalation.

Die Kinder stehen im Wasser und sammeln Steine, mit denen sie einen Staudamm bauen. Sie sind ganz vertieft in ihr Tun und wirken glücklich.

„Das ist der einzige Grund, weshalb ich hierherkomme." Sie sieht aus wie ein Schatten, während sich die Kinder gegenseitig mit Wasser bespritzen.

Cut

Auf der Heimfahrt starre ich aus dem Fenster. Mechanisch beginne ich meine Unterarme zu kratzen, bis Thomas sagt, ich solle damit aufhören, die Arme seien schon ganz rot.

Die Kinder schlafen auf der Rückbank. Ihre Wangen sind rosig von der Landluft.

In dieser Nacht ist kommt mein ungebetener Gast noch mächtiger. Nach Atem ringend wache ich auf. Mein ganzer Körper ist wie gerädert. Der innere Druck ist nicht auszuhalten. Ich brauche das Messer. Wie von Sinnen ziehe ich die Klinge über die Unterarme, nur diesmal will sich die Erleichterung nicht einstellen. Ich erhöhe den Druck und dringe tiefer in die Haut, dabei sehe ich das Blut

fließen, aber es reicht nicht. Mein Brustkorb droht zu bersten und im Kopf wird mir ganz schwindlig. Dann wird alles schwarz. Mein Körper schlägt auf dem Küchenboden auf. Erlösung!

Ich liege in der Küche, Blut wärmt meine Haut. Ich merke, dass mich jemand schüttelt, doch ich reagiere nicht, will nichts hören, genieße die Leichtigkeit, die ich so lange nicht mehr gespürt habe.

Ich wache auf und bin von weißgekleideten Menschen umgeben. Im ersten Moment habe ich keine Ahnung wo ich bin. Ich habe eine Nadel im Arm und meine Handgelenke sind dick bandagiert. Ich habe Kopfschmerzen. Eine Krankenschwester sagt mir, dass ich in der Klinik sei, und mein Mann gerade mit dem Arzt sprechen würde. Weshalb bin ich im Krankenhaus? Ich erinnere mich daran, dass der Traum diesmal besonders heftig gewesen war und auch, dass das Messer nicht so gewirkt hatte wie sonst; und dann ist da nichts mehr. Die Tür geht auf. Thomas kommt ins Zimmer zusammen mit einem Arzt.

„Was soll das, was mache ich hier?", frage ich.

Thomas schaut betreten: „Beruhige dich, es wird alles gut."

Der Arzt meint, dass er verpflichtet sei, mich in die nächstgelegene Psychiatrie zu überweisen. Bei mir bestehe der begründete Verdacht auf akute Selbstgefährdung, und ein Richter müsse entscheiden, wie es weitergehen soll. Mein Blick fixiert Thomas. Hatte er das mit dem Arzt hinter meinem Rücken ausgehandelt? Thomas schaut mich nicht an. Ich verstehe nicht was mit mir passiert. Am nächsten Morgen kommt Thomas und fährt mich in die Psychiatrische Klinik. Ich sage nichts, schaue aus dem Fenster, lasse es geschehen.

Thomas

Ich mache mir Vorwürfe. Hatte ich tatsächlich den Ernst der Lage verkannt? Ich bin wütend - auf meine Frau und die Situation, in die sie mich gebracht hat. Und ich habe höllische Angst vor der Zukunft.

Meine Mutter ist bei den Kindern. Ich sagte ihr, sie hätte sich aus Versehen verletzt, und sie bleibt, um die Kinder zu versorgen. Auf der Fahrt in die Klinik schweigt sie Ihr Blick ist schwer zu deuten- abwesend, ungläubig. Der Abschied ist unpersönlich. Sie will, dass ich gehe, wirkt verletzlich und seelenlos, wie sie da auf ihrem Bett sitzt. Ich habe das Gefühl, als würde in diesem Moment ein weiteres Band zwischen uns zerrissen.

Auf dem Nachhauseweg überlege ich, was ich der Familie sagen soll, und entscheide mich für die Wahrheit. Die ganze Geheimniskrämerei der letzten Wochen hat mehr geschadet als genutzt.

Meine Mutter ist tief betroffen. Ich bemühe mich, meine Verzweiflung nicht zu zeigen, bin kurz angebunden. Sie wird bei den Kindern bleiben, bis ich eine andere Lösung gefunden habe. Schwieriger ist der Anruf bei meinen Schwiegereltern. Meine Schwiegermutter reagiert extrem:

„Wie kann sie uns das nur antun?", sie hat doch alles was man zu einem schönen Leben braucht"

„War nicht anders zu erwarten", würde Johanna sagen. Ich blocke auch dieses Gespräch schnell ab. Es gibt wichtigeres zu tun.

Klinik

Im ersten Gespräch fragt mich die Stationsärztin, warum ich denn versucht hätte mich umzubringen. Ich erkläre ihr, dass ich das ganz und gar nicht vorgehabt hätte. Ich wollte nur den Druck loswerden. Wir unterhalten uns eine ganze Stunde. Ich beantwortete die Fragen und bin überrascht. Das erste Mal, dass jemand nicht mit Entsetzen reagiert oder noch schlimmer, mit Mitleid. Dr. Pauly ist sachlich, fragt nach Fakten und behandelt mich wie einen gleichwertigen Menschen. Sie erklärt mir, warum ich hier gelandet bin und auch, dass sie nicht den Eindruck habe, dass ich eine Gefahr für mich selbst darstelle. Ich fühle mich seit langer Zeit wieder einmal wahrgenommen. Als ich selbst; nicht als Ehefrau oder Mutter oder Hausfrau. Dennoch empfiehlt mir die Ärztin einen stationären Aufenthalt, Abstand von der Familie und vor allem eine Therapie.

„Ich sehe, dass es Ihnen nicht gut geht, und rate Ihnen dringend mein Hilfsangebot anzunehmen. Allein schaffen Sie das nicht.", sagt sie.

Nicht bestimmend und anklagend. Ich bin erleichtert, weiß selbst, dass meine Kräfte aufgebraucht sind, will weg von Thomas und den Kindern, will allein sein. Ich werde gehört, nicht wie in der Ambulanz beurteilt. Ich habe nicht das Gefühl Rücksicht nehmen zu müssen, oder der Ärztin etwas schuldig zu sein. Hier habe ich kein schlechtes Gewissen, und vor allem scheint es mir, in dieser Situation nicht fremdgesteuert zu sein, sondern eine Wahl zu haben. Ich soll unterstützend Medikamente bekommen. Ich willige ein, weil mir die Ärztin nicht nur die Vorzüge erklärt, sondern auch über die Nebenwirkungen spricht. Diese Ehrlichkeit ist es, die mir das Gefühl gibt, nicht hintergangen zu werden

Dr. Pauly hatte recht. Nach zwei Tagen spüre ich die negativen Wirkungen der Antidepressiva. Die Übelkeit und die Kopfschmerzen beeinträchtigen mich mehr als ich dachte. Der ungebetene Gast ist noch bedrohlicher, ich fühle mich verfolgt und noch immer in seinen Fängen, er erscheint mir jetzt noch näher. Ich träume von der Hochzeit meiner Eltern, sehe die Szenerie genau vor mir, wie ich sie schon immer auf Fotos gesehen habe. Meine Mutter ganz in Weiß, rote Pfingstrosen im Arm, mein Vater im schwarzen Anzug. Ich gehe mit etwas Abstand hinter ihnen her. Dann drehen sie sich um. Ihre Gesichter verschwimmen zu Fratzen, aus ihren Mündern fließt hellrotes Blut und tropft auf das Brautkleid. Es verschmilzt mit den Pfingstrosen. Ich wache auf – Luft! Ich muss an den Film „Einer flog übers Kuckucksnest" denken, sehe das Gesicht von Jack Nicholson vor mir – es mutiert zum Werwolf. Soll es mir wie ihm ergehen? Ich bin nicht irr – werde ich hier dazu gemacht?

Auch tagsüber habe ich diese Visionen. Die Gesichter der Mitpatienten verzerrt, wenn ich sie länger betrachte. Nasen werden größer, die Stirn tritt hervor, hinter wulstigen Lippen blecken mir Pferdezähe entgegen. Die Wirklichkeit erscheint mir mehr und mehr ver – rückt.

Dr. Pauly rät mir durchzuhalten.

„Das sind anfängliche Nebenwirkungen, die nachlassen- typisch für Venlafaxin", sagt sie.

Ich bekomme zusätzlich ein Schlafmittel zur Nacht.

Die erste Woche habe ich nur Einzelgespräche bei Dr. Pauly. Sie erzählt mir viel über Depression und Komorbidität. Alles hängt irgendwie zusammen. Wie bei der Henne und dem Ei kann man nicht sagen, was zuerst da war. Meine Zwangserkrankung, die

Depression oder die Selbstverletzungen. Sie spricht von genetischer Disposition und Stoffwechselstörung im Gehirn. Der Transmitter Serotonin wird nicht richtig von einer zur anderen Nervenzelle weitergegeben. Sie spricht von der persönlichen Lebensgeschichte und nicht verarbeiteten traumatischen Erfahrungen, von Nachreifung und Persönlichkeitsbildung. Letztendlich sei die Ursache meines Zustandes multifaktoriell. Ich weiß nicht, ob ich alles verstanden habe, mein Kopf ist so voll und fühlt sich gleichzeitig so leer an. Vor meinem geistigen Auge erscheinen Synapsen und ich sehe, wie klitzekleine Serotonin-Tröpfchen vergeblich versuchen, die harte Mauer auf der anderen Seite der Nervenverbindung zu durchbrechen. Sie kämpfen mit letzter Kraft- ohne Erfolg. Mir geht es genauso. Auch ich kann die Mauer nicht durchbrechen.

Dr. Pauly fragt nach meinen Therapiezielen. Habe ich welche? Ziele zu erreichen ist mit Arbeit verbunden. Dafür brauche ich Energie und den Glauben an etwas Erreichbares. Beides fehlt mir im Moment.

„Dann definieren wir ein Etappenziel", schlägt sie vor.

„Ich will, dass diese Leere verschwindet."

„Das ist doch ein guter Anfang", meint sie, "lassen Sie uns gemeinsam daran arbeiten."

In der nächsten Stunde fragt sie nach meinen vorherrschenden Gefühlen.

Was empfinde ich im Moment? Nicht viel. In mir ist dichter Nebel, der mich nicht zu meinem Innersten durchdringen lässt. Wie eine graue Suppe. Ich erreiche meine Gefühle nicht und fühle mich auch nicht in der Lage, sie hervorzuholen. Ich habe nicht die Energie, mich mit ihnen auseinanderzusetzen – der Nebel hilft mir, sie zu unterdrücken – schützt mich.

„Affektarmut", meint Dr. Pauly, „Auch typisch für eine depressive Episode."

Mir fällt das Denken schwer. Nein, das stimmt so nicht. Ich grüble viel und die Gedanken kreisen wie wild in meinem Kopf, bilden ein wirres Knäuel. Sie sind wie schwere Klumpen, die mich immer weiter in die Tiefe ziehen, mir keinen Raum lassen für Leichtigkeit. Was mir schwer fällt ist, sie gegenüber anderen zu formulieren. Ich weiß nicht wie sie verstehen sollen, was ich denke, verstehe es selbst nicht - finde keinen Anfang und kein Ende. Sie kommen und ich habe keine Macht über sie. Ich kann sie nicht steuern, nicht sortieren und fühle mich entsetzlich ausgeliefert.

Zum ersten Gruppentreffen gehe ich mit gemischten Gefühlen. Unser Therapeut ist klein und übergewichtig. Die Co-Therapeutin grinst ständig und starrt uns an, wenn wir etwas sagen. Als ob es um einen Wettkampf ginge, den der verliert, der zuerst wegsieht. Ein verständnisvoller Gutmensch. Ich spreche nicht viel, seziere das Geschehen aus meinem Kokon durch den Nebel. Ich fühle mich fremd und wundere mich über die anderen Teilnehmer. Eine Frau klagt über ihre Einsamkeit. Mir geht das Gejammer auf die Nerven, ich fordernd und egoistisch. Ich habe den Eindruck, als wären auch die anderen genervt und schalte ab. Mir gegenüber sitzt ein Mann, der ständig mit den Füßen scharrt. Das Geräusch ist mir viel zu laut, löst etwas in mir aus. Erst als die Frau neben mir spricht, merke ich auf.

„Ich heiße Britta und bin hier, weil ich mit meinem Leben nicht mehr klarkomme."

Britta erzählt, dass sie versucht habe, sich das Leben zu nehmen, nachdem ihre Tochter an Leukämie gestorben war, und ein halbes Jahr später ihr Mann an einem Herzinfarkt. Sie spricht über ihre Verzweiflung und die Sinnlosigkeit der Tage. Als sie von der

Liebe zu ihrem Mann und der Tochter spricht, spüre ich die Tränen kommen. Es ist das erste Mal seit langem, dass ich etwas für einen andern Menschen empfinde. Gleichzeitig spüre ich die eigene Ausweglosigkeit. Britta verfällt nicht in Selbstmitleid; erzählt einfach ihre Geschichte. Ganz anders als die Jammerliese vorher. Britta sieht unendlich traurig aus. Durch meinen Nebel sehe ich eine schöne Frau, obwohl ihre Haut fahl und das Haar stumpf ist. Ich bemerke in Brittas Blick den gleichen Ausdruck, den ich bei mir im Spiegel sehe.

Besuch

Am Wochenende kommt Thomas mit den Kindern. Ich bin froh als sie wieder gehen. Die Gespräche bleiben an der Oberfläche. Ich bin noch nicht soweit, über hier zu sprechen, hüte diesen Teil meines neuen Alltags – er gehört mir. Durch den Aufenthalt hier habe ich endlich wieder einmal das Gefühl etwas für mich ganz allein zu haben, ich will es nicht teilen oder erst dann, wenn ich dazu bereit bin. Ich spüre, dass ich meine Familie liebe, aber im Moment ist kein Platz für sie. Ich kann diese Liebe nicht zeigen, sie ist in meinem Inneren vergraben und findet nicht den Weg nach draußen. Es ist besser, wenn die Kinder das nicht jeden Tag zu spüren bekommen. Ich kann zurzeit nicht Mutter und Ehefrau sein, habe das Gefühl aus zwei Teilen zu bestehen, die keine Verbindung haben. Ich bin gefangen in dem Teil, der abgespalten ist von der Außenwelt. Der andere Teil ist leer, funktioniert nur zum Schein und unter allergrößter Kraftanstrengung. Ich ziehe mich in meine Welt zurück. Die Gedanken kreisen unaufhaltsam und finden kein Ende. Draußen ist weit weg und interessiert mich nicht. Mich damit zu befassen, übersteigt meine Fähigkeiten. An diesem Abend ist die Stimme wieder lauter und der Zwang wieder stärker.

Die Stimme macht mir Vorwürfe, weil ich meinen Pflichten nicht nachkomme.

"Du hast dich davongestohlen, faules Stück. Die armen Kinder und dein armer Mann. Kannst du dich nicht zusammenreißen. Keinerlei Pflichtgefühl!"

Ich beginne meine Kleider zu ordnen, dreimal, viermal. Dann mache ich weiter mit den Utensilien im Bad. Das Handtuch falte ich zigmal, bis die Stimme leiser wird. Meine Anspannung wächst, ich fühle wieder den Druck in mir ansteigen und sehne mich nach dem Messer. Aber hier auf der Station sind alle gefährlichen Gegenstände unter Verschluss. Ich nehme meine Haarbürste und scheuere mir den Arm so lange, bis der Schmerz kommt. Da tropft bereits das Blut ins Waschbecken.

Thomas

Die Kinder haben sich gefreut ihre Mama zu sehen. Ich hatte ihnen erklärt, dass sie eine Weile weg sein wird, um wieder gesund zu werden. Sie war anders, wirkte nicht mehr ganz so getrieben, eher abwesend. Aber es ließ sich immer noch keine Nähe aufbauen. Wenigstens konnte sie die Kinder umarmen und duldete, dass sie sie hin und wieder an die Hand nahmen. Wir machten einen Spaziergang im Park, das Gespräch gestaltete sich schwierig. Ich vermisse die körperliche Nähe zu ihr und spüre in jeder Geste, dass sie sie nicht zulassen würde. Diese unsichtbare Mauer, die nur sie einreißen kann, steht zwischen uns. Ich habe gespürt, dass sie froh war als wir gingen. Es schmerzt mich, nicht zu wissen was in ihr vorgeht. Diese beständige Ungewissheit, was in Zukunft kommt. Ich will nur, dass es so wird wie früher und weiß doch, dass es nie mehr so sein wird. Wie werden die Frau und Mutter sein, die zur Familie zurückkommt? Wird sie überhaupt zurückkommen? Und will ich dann diese andere Frau noch? Ich hänge in der Luft, versuche diese Gedanken zu vermeiden, konzentriere mich darauf, dass unser Alltag funktioniert. Gesprächen mit meiner Mutter und den Schwiegereltern gehe ich aus dem Weg. Bei Freunden und Bekannten bin ich kurz angebunden. Was soll ich ihnen sagen, wo ich doch selbst nicht weiß was passiert. Ich bin froh am Montag zurück in die Kanzlei zu gehen. Wunderbare Normalität, nie geschätzte Gewohnheit. Die Arbeit lässt mich die Hilflosigkeit eine Zeit lang vergessen.

Klinikalltag

Ich meide den Kontakt zu den Mitpatienten, bleibe am liebsten für mich. Zwar nehme ich an den verordneten Therapien teil und halte mich an die Vorgaben auf Station, aber Punkt 21.00Uhr gehe ich auf mein Zimmer. Außerhalb der Therapien sitze ich im Park und hoffe, dass sich niemand zu mir setzt. Längere Zimmeraufenthalte tagsüber sind nicht erlaubt. Immer noch bekomme ich keine Ordnung in meine Gedanken und fühle diese innere Leere, wie ein schwarzes Loch. Nur langsam lasse ich Impulse von draußen in mein Bewusstsein und nur dann, wenn diese keinen Druck erzeugen. Ich will diesen schützenden Kokon um mich herum nicht verlassen, weiß nicht worüber ich sprechen soll. Gedanken kreisen und sind nicht zu fassen. Gefühle sind überlagert von einem grauen Film, verschwommen, abgespalten. Ich will nicht fühlen, ziehe die Leere und Isolation vor. Ich bin fremd in dieser Welt, den Anforderungen nicht gewachsen. Ich interessiere mich nicht für das große Ganze, mir ist meine düstere Begrenztheit genug. Worte können diesen Zustand nicht beschreiben, und so bleibe ich stumm. Die Mauer, die mich von der Außenwelt trennt, muss bestehen bleiben. Sie bietet Schutz, den ich dringend brauche.

Ich spüre die Nachmittagssonne auf der Haut. Ich bin froh, dass ich in der Gruppe nicht zum Reden gezwungen werde, dass mir zugestanden wird, meinem eigenen Rhythmus zu folgen. Ich bin froh, dem Alltag entflohen zu sein. Hier habe ich kein schlechtes Gewissen Thomas und den Kindern gegenüber. Ihnen geht es im Moment besser ohne mich.

Die Gespräche beim Essen nerven. Einige der Patienten haben sich die Sprache der Therapeuten angeeignet, plappern wie die Papageien das Psychogequatsche nach. Übergestülpt. Narzisstisch. Hauptsache sie selbst stehen im Mittelpunkt des Geschehens. Sie erinnern mich an die Phrasen in den Ratgebern selbsternannter Coachs. „Du kannst alles, wenn du nur willst! ´Zweifle nicht, lebe! ´ Bla, bla, bla. Ich habe kein Bedürfnis Kontakte zu knüpfen. Es interessiert mich nicht, was mit den anderen los ist. Bemühungen dahingehend schmettere ich ab. Ich weiß, dass ich auf andere arrogant wirke; das ist mir egal. Auch diese gegenseitige Trösterei geht mir auf die Nerven. Wenn sie sich weinend in den Armen liegen. Wie Klammeraffen! Die einzige, die ich mag ist Britta, und die lässt mich in Ruhe.

Auf meinem Therapieplan steht zweimal in der Woche autogenes Training. Dienstag und Donnerstag jeweils um 17.00 Uhr- vor dem Abendessen. Die Kursleiterin hockt vor ihren Klangschalen. Sicher war sie schon in Indien und hat dort ihren Guru getroffen. So wie sie aussieht, hat sie sich auch dort eingekleidet. Lila-orange-farbene Schlabberkleider und ein Tuch um die schwarzen Locken. Wir nehmen uns Matten und legen uns im Kreis auf den Boden. Es riecht nach Gummi. Der Scharrer liegt neben mir – er riecht nach kaltem Schweiß und ungewaschener Kleidung. Ich drehe meinen Kopf auf die andere Seite. Die Therapeutin fordert uns auf, tief einzuatmen und will uns suggerieren, dass unser Arm ganz schwer wird. Ich merke, wie ich mich widersetze. Ich will nicht befolgen, was andere mir sagen. Ich will die Kontrolle behalten. Meine Sinne sind geschärft und ich konzentriere mich darauf, keinesfalls den Anweisungen der Guru-Frau zu folgen. Der Scharrer neben mir schnarcht. In der Mitte des Raumes brennt eine Kerze.

„Warum?", frage ich mich, „wenn doch alle die Augen geschlossen halten sollen."

Jetzt ertönt auch noch Meeresrauschen aus dem CD-Player. Meine Blase meldet sich – verlangt nach einer Toilette und sehne das Ende der Stunde herbei.

Dienstag und Freitag habe ich Einzelgespräche bei Dr. Pauly. Auch bei ihr kann ich nicht über meine Gedanken und Gefühle sprechen. Die Stimme verbietet diesen Verrat. „Privatsachen gehen niemanden etwas an."

Dr. Pauly bohrt nicht, bemerkt nur, dass ich irgendwie blockiert bin.

„Was hindert Sie daran, mit mir zu sprechen?"

„Ich spreche doch mit Ihnen!"

„Ich glaube sie wissen was ich meine!" Kein Vorwurf,

keine Kritik. Augenhöhe.

„Es geht nicht. Es gibt Dinge, über die ich nicht sprechen kann,

als hätte ich eine Sperre, die die Sätze zurückhält."

„Mhm. Was könnte Ihnen denn helfen?"

„Weiß ich nicht. Ich mache das meiste mit mir selbst aus."

„Schon immer?", fragt Dr. Pauly.

„Schon immer", erwidere ich.

„Und wie haben Sie das als Jugendliche und als Kind gemacht?"

Ich blicke aus dem Fenster. Die Zweige eines Kastanienbaums bewegen sich im Wind. Ich beobachte ein Eichhörnchen, das in rasender Geschwindigkeit am Stamm entlang rennt.

„Ich habe gelesen, Gedichte und Tagebuch geschrieben. Da war ich bei mir. Da hat mir niemand widersprochen und ich musste mich nicht erklären. Es gab weder Auseinandersetzungen noch Streit. Ich war ich selbst"

„Das muss interessant gewesen sein. Wenn Ihnen hier das Sprechen über Ihre Gefühle auch so schwerfällt, warum fangen Sie nicht wieder an zu schreiben und bringen mir das, was sie geschrieben haben zu unseren Terminen mit. Natürlich nur das was Sie mir auch zeigen möchten."

Das Eichhörnchen hängt am Stamm der Kastanie. Ich kann seine schwarzen Augen und die langen Haare an den Ohren sehen

„Ich könnte es versuchen."

Ich erinnere mich an das Gefühl, das ich immer beim Schreiben hatte. Eins sein mit mir, Flucht in meine eigene Welt. Ich wünschte ich wäre ein Eichhörnchen und könnte mich von Baum zu Baum hangeln, weit weg von den Menschen, die alle etwas von mir wollen.

„Fressen Eichhörnchen Kastanien?", frage ich.

„Ich weiß es nicht", antwortet Dr. Pauly.

Verachtung

Bei der nächsten Gruppensitzung erzählt Annika wie sie jahrelang von ihrem Mann geschlagen wurde und sich dabei immer kleiner gefühlt hat. Annika ist Ende zwanzig und alles an ihr ist farblos. Grauer Pulli, blasse Haut, aschige Haare. Ihr Blick ist immer gesenkt, sie kann niemandem in die Augen schauen. Sie hat schon mehrere Male versucht, sich von ihrem Mann zu trennen, war im Frauenhaus, ging wieder zurück und hat sich weiter verprügeln lassen. Noch immer bin ich nicht Teil der Gruppe, sondern erlebe das Geschehen wie einen Film und mich als Filmkritiker.

„Warum tust du dir das immer wieder an", fragt Britta und Annika antwortet, dass sie nicht allein sein kann. Britta ist empathisch, interessiert. Sie lässt Annika aussprechen, ohne gleich die Aufmerksamkeit zurück auf sich zu lenken. Sie gibt keine schlauen Ratschläge. Und sie versucht zu verstehen.

„Britta war sicher eine gute Mutter", denke ich.

Ich weiß wie es ist verprügelt zu werden; kenne das Gefühl der Hilflosigkeit und des Ausgeliefertseins, wenn man auf dem Boden liegt und getreten wird. Oder wenn der Stock mit voller Wucht auf den Körper einschlägt. Ich hatte mit der Zeit eine Möglichkeit gefunden die Schläge und Demütigungen zu ertragen. Eines Tages hatte ich das Gefühl, aus meinem Körper zu treten und das Geschehen von außen zu betrachten. Ich sah mich am Boden liegen, die Hände schützend über den Kopf gelegt. Ich sah das wutverzerrte Gesicht meines Vaters, ganz rot vor Zorn, sah wie seine Hand immer wieder auf mich einschlug und seine Füße auf mich eintraten. Aber ich spürte keinen Schmerz, der kam erst später, als ich die blauen Flecken an meinem Körper berührte. Jetzt sehe ich die Situation wieder deutlich vor mir und wünschte Annika hätte auch diese Fähigkeit entwickelt. Ich verachte ihren Mann, obwohl ich ihn nicht kenne.

Dissoziation

Über dir schwebend

rieche ich deinen Schweiß

sehe ich dein wutverzerrtes Gesicht

Die schwieligen Hände

wie sie einschlagen

auf diesen Körper am Boden;

Du triffst diese Hülle

doch nicht diesen Geist

Der Arm hat sich entzündet und Eiterpusteln knospen wie aufspringende Blüten im März. Ich frage die Schwester nach einer Wundsalbe, aber die gibt gleich Meldung an Dr. Pauly.

"Erzählen Sie mir, wie es dazu kam!"

Und ich erzähle von meinen Schuldgefühlen und dem Druck, der sich immer wieder aufbaut. Von der Stimme, die immer lauter wird und mich beschimpft und von meiner Unfähigkeit, mich dagegen zu wehren:

„Ich verliere die Kontrolle", sage ich und spüre wieder die Wut in mir aufsteigen.

„Kämpfen Sie nicht allein", meint Dr. Pauly.

„Schreiben Sie darüber, dass nimmt den Druck!"

Und ich schreibe:

Damals

Der Stock wurde mein Begleiter. Er stand im Besenschrank in der Küche; als Mahnmal für meine Verderbtheit und die Macht über mich. Er mutierte zu meinem Über-Ich, meinem Gewissen, das mir die Richtung weisen sollte. Die früheste Erinnerung, die ich an ihn habe, zeigt mir eine Situation, wo ich etwa fünf Jahre alt war; Mein Bruder und ich teilten uns ein Zimmer unterm Dach direkt über dem Wohnzimmer, wo meine Eltern fernsahen. Unser Bett war das alte Ehebett meiner Eltern und wir schliefen unter dicken Federbetten, die sich aufbäumten wie dicke weiße Wale. Draußen waren Vollmond und wir konnten nicht einschlafen. Wir kitzelten uns und kicherten. Die dreiteiligen Matratzen federten fast so gut wie ein Trampolin und die Federkissen passten sich wunderbar unseren Körpern an, wenn wir sie uns entgegenwarfen. Als unsere Mutter in der Tür erschien und schimpfte, mussten wir uns das Kichern verkneifen. Keiner von uns beiden konnte aufhören den anderen zu necken, wir waren zu aufgedreht. Ein zweites Mal erschien unsere Mutter und schimpfte. Auch diesmal erfolglos. Dann hörten wir die festen Schritte unseres Vaters. Das Ächzen der alten Holztreppe ließ uns ahnen was passieren würde. Augenblicklich legten wir uns hin, in der Hoffnung, dass die ganze Sache doch noch glimpflich ausgehen würde, wenn er sah, dass wir keinen Blödsinn mehr machten. Spätestens als unser Vater mit dem Stock in der Hand und wutverzerrtem Gesicht ins Zimmer trat, wussten wir, dass diese Hoffnung umsonst war. Er riss die Decke von unseren Körpern und schrie, wir sollten uns auf den Bauch legen.

„Wird`s bald oder soll ich euch helfen", brüllte er.

Als er mit dem Stock auf meinen Rücken, meinen Hintern und die Schenkel eindrosch, verbot ich mir innerlich zu schreien. Andreas` Gesicht war nur wenige Zentimeter von meinem entfernt. Er sah mich an und Tränen liefen ihm über die Wangen, noch bevor er an der Reihe war. Dann schrie er und ich drückte seine Hand. `Nicht `, dachte ich, `zeig ihm nicht, wie weh es tut! `

In dieser Nacht schliefen wir auf dem Bauch. Beim Frühstück tat uns das Sitzen weh. In der Küche herrschte gedrückte Stimmung, während meine Mutter uns die Kaba eingoss.

Ihr Blick zeigte uns wie sehr sie litt.

„Wisst ihr überhaupt, was ihr mir damit antut, wenn ihr nicht hören wollt. Glaubt ihr vielleicht mir gefällt es, wenn ich euch den Papa schicken muss. Die ganze Nacht habe ich kein Auge zugemacht, so habe ich mich aufgeregt! Wegen euch bin ich jetzt todmüde."

Andreas trank seine Kaba; sein Blick hinter der Tasse suchte meinen. Ich war fünf, er vier Jahre alt.

Die Gespräche beim Essen nerven nach wie vor! Ich will nichts wissen über die Qualen und Symptome der anderen. Das alles erscheint mir wie ein Wettstreit. Wer hat mehr erlitten? Wessen Schicksal misst härter? Wem gebührt die meiste Aufmerksamkeit? Diesem ständigen demonstrativen Geplärre und diese „Ich-trage-die-Last- der-Welt-Mienen!" Ich hasse das! Bin ich zu hart? Kann sein, aber ich komme ganz gut klar mit meiner Arroganz. So bleiben die Leiden der anderen da draußen und ich fühle mich weniger als Müllabladeplatz. Ich habe keine Lust auf Austausch, grenze mich ab, will mich allein spüren. Ich brauche diese Isolation für meine Gedanken. Sie gibt mir den Raum, den ich so dringend brauche. Hier drinnen fühle ich mich sicher vor Kritik, Forderungen und Anfeindungen.

Mein Leid, dein Leid

Ich hatte keinen Grund zu klagen. Nichts, was mir widerfuhr war nur annähernd so schlimm, wie das Elend meiner Mutter. Wenn ich weinte, erzählte sie mir von ihrer früher erlittenen Qual. Wenn ich ihr die blauen Flecken zeigte, war das nichts im Gegensatz zu den blauen Flecken, die sie früher hatte. Wenn ich mich nicht an der Hof- und Hausarbeit beteiligen wollte, schimpfte sie mich faul. Ihr Vater, erzählte sie mir, habe sie früher mit der Pferdepeitsche geschlagen. Ihre Mutter hatte sie gezwungen zur Buße auf einem Holzscheit zu knien. Sie musste morgens vor der Schule den Stall ausmisten und im Sommer bei brütender Hitze täglich mit aufs Feld. Sie hatte gelernt, was Arbeit und Entbehrung hieß. Ich befand mich in einer Luxus-Position, schließlich schützte sie mich vor allzu schlimmen Schlägen und das bisschen Hilfe könne sie ja wohl erwarten. So lernte ich einerseits meinen Schmerz nicht zu zeigen, andererseits wurde er verharmlost. Zweifel wurden gesät – war ich wirklich so anspruchsvoll? So schwach?

Annika

Ich bin jetzt seit zwei Wochen in der Klinik. Die Medikamente vertrage ich etwas besser und die Dosis der Schlaftabletten wird langsam reduziert. Die Fratzen sind weg, wie Dr. Pauly gesagt hat. Morgens fällt mir das Aufstehen nicht mehr ganz so schwer und ich merke, wie mein Kopf langsam bereit ist, Eindrücke von außen zuzulassen. Ich grübele noch viel, vor allem nach den Gruppensitzungen. Manche Geschichten rufen in den Windungen meines Gehirns Erinnerungen wach, mit denen ich mich dann den restlichen Tag beschäftigen muss. Sie wühlen mich auf und verstören mich. Noch immer habe ich in den Sitzungen nicht viel über mich gesprochen, bin unschlüssig, ob die anderen mein Vertrauen verdienen. Ich weiß nicht, wie lange ich die Jammerliese noch ertrage, ohne zu explodieren. Die Beiträge des Scharrers sind auch nicht sehr erquicklich.

„Was bist du denn für eine Memme", meint er, als Tony, ein rothaariger, schüchterner Mittzwanziger von seinen Ängsten und Panikattacken erzählt. Wie kann dieser grobschlächtige Typ es wagen, jemanden der seinen ganzen Mut zusammennimmt und von seinen Ängsten erzählt, derart zu missachten? Ich merke, wie sich mein Gerechtigkeitssinn wieder zu regen beginnt, die Mauer erste Risse bekommt.

Jedem seine Waffe

Seit ich denken kann, verachte ich an der allermeisten Ungerechtigkeit. Wenn Lehrer in der Schule Kollektivstrafen verhängten, wenn jemand wegen seines Aussehens gehänselt wurde, oder ich für Dinge bestraft wurde, die ich nicht getan hatte. Wenn ich mich nicht anders wehren konnte, strafte ich die Verursacher dann mit abgrundtiefer Verachtung und ließ sie diese auch spüren, ohne auf die Konsequenzen zu achten. So hatte ich auch angefangen meinen Vater zu bestrafen und perfektionierte dieses Verhalten immer mehr. Ich kannte seine Schwächen und richtete sie gegen ihn. Die Folge war, dass ich ihn immer mehr in Rage brachte und seine Ausbrüche gegenüber mir immer schlimmer wurden. Das nahm ich in Kauf. Rhetorisch und intellektuell war ich ihm weit überlegen, und diese Überlegenheit bereitete mir Genugtuung, wenn ich die schmerzenden Stellen an meinem Körper spürte. Ich begann damit, diesen Körper nur noch als notwendiges Übel zu betrachten. Der Vater konnte ihn grün und blau schlagen; das was mich ausmachte lag darunter, und soweit reichten seine Schläge nicht.

Annika fehlt beim Abendessen. Sie war am Nachmittag mit Britta in der Stadt und sagte, sie müsse noch schnell etwas besorgen, wie Britta den Schwestern berichtet. Als die Tische abgeräumt werden, ist sie noch immer nicht zurück, dafür erscheinen zwei Polizisten auf der Station und fragen, ob jemand abgängig sei. Später erfahren wir, dass Radfahrer am Fluss ein Paar Schuhe und ein Bündel säuberlich zusammengelegter Kleider gefunden hätten. Wie sich herausstellte, gehören sie Annika. Auf der Station wird es still. Jeder kann sich denken, was das bedeutet. Dr. Petry spricht lange mit Britta. Als sie das Sprechzimmer verlässt, sehe ich, dass sie geweint hat. Zwei Tage später finden Kanufahrer Annikas Leiche -verkeilt zwischen Schwemmholz- an einem Brückenpfeiler. Als ich davon höre, beschließe ich nicht länger Opfer zu sein.

In der nächsten Gruppenstunde will die Jammerliese wieder ihre Litanei vortragen. Ich unterbreche sie und sage, dass ich heute beginnen möchte.

„Ich bin hier, weil mich eine innere Stimme zwingt Dinge zu tun, die sinnlos sind, und die ich nicht tun möchte."

Stille!

Die anderen schauen betreten zu Boden. Nur der Scharrer schaut mich blöd an und ich schaue giftig zurück; ` Wehe, wenn der jetzt was Dummes sagt´, denke ich und mache innerlich mobil. Herr Göllner, unser Therapeut, ergreift das Wort und meint, dass er sich freue, weil ich den Mut gefunden habe, von mir zu erzählen. Britta spricht zuerst. Sie will mehr über die Stimme erfahren. Ich erzähle von meinem Gefühl fremdbestimmt zu sein und wie sich der innere Druck in. bestimmten Situationen immer wieder von neuem aufbaut. Dass ich diese Spannung nur los werde, indem ich zum Messer greife. Ich schiebe den Ärmel meines Pullis nach oben und zeige die eiternde Wunde. Jetzt hören alle zu, auch der

Scharrer. Ich bin noch immer auf der Hut, beobachte jede seiner Reaktionen mit Argusaugen. Keiner sagt etwas. Mir gegenüber sitzt Claudia. Sie war bis jetzt eher still. Sie schaut mich an, schiebt den Ärmel hoch und zeigt mir ihre Narben. Ich bin nicht allein. Dann beginnt sie zu sprechen:

„Ich mache das seit ich fünfzehn bin. Nachher tut es mir leid und ich schäme mich entsetzlich. Ständig versuche ich die Narben zu verstecken. Und dann kommt wieder der Druck und ich verfalle in das alte Muster. Das Schlimmste dabei ist, dass es nichts gibt, was mir nur annähernd helfen könnte."

Da sitzen wir, betrachten unsere Arme und wissen nicht weiter.

Herr Göller ergreift das Wort.

„Ich weiß welche Überwindung Sie das gekostet hat und danke Ihnen für die Offenheit. Auch wenn es sich für Sie nicht so anfühlen mag- ein wichtiger Schritt ist getan."

Am Sonntag kommen Thomas und die Kinder wieder zu Besuch. Auch diesmal gehen wir in den Park und die Kinder erzählen, was sie die Woche über erlebt haben. Dann spielen sie mit dem Herbstlaub und sammeln Kastanien. Thomas und ich sitzen auf der Bank und schauen ihnen zu.

„Wie geht es dir?", fragt er und ich erzähle ihm von Annika.

„Ich kann mit dir nicht über meine Gefühle sprechen, noch nicht!"

Die Kinder weinen beim Abschied. Sie wollen, dass ich mit nach Hause komme. Zurück auf Station gehe ich in mein Zimmer, lege mich aufs Bett und weine ebenfalls, hasse mich für ihren Schmerz.

Gehorsam

Als ich etwa so alt war wie David jetzt, hatte meine Mutter einen schweren Autounfall. Innere Verletzungen und ein Schädel-Hirn-Trauma machten einen langen Aufenthalt im Krankenhaus nötig. Ich war zehn Jahre alt, meine jüngeren Brüder neun, sieben und fünf. Die Ärzte wussten zuerst nicht, ob unsere Mutter überleben

würde und ich hatte Angst, dass sie nicht wiederkommt. Unser Vater funktionierte in dieser Zeit nur, ab und zu hörte ich ihn nachts weinen, während er auf der Terrasse stand und eine Zigarette nach der anderen rauchte. Von da an war meine Kindheit zu Ende. Unsere Großmütter versorgten den Haushalt und ich kümmerte mich um die Brüder. Machte mit ihnen Hausaufgaben, tröstete sie, wenn sie traurig waren und umsorgte sie, als sie die Masern hatten. Ich war schon immer ein nachdenkliches Kind gewesen, und in der Zeit wurde ich noch ernster. Vielleicht wurde auch nur ein Teil von mir über Nacht erwachsen. Niemand hatte mir gesagt, was ich tun sollte, ich wusste es einfach. Niemand beantwortete meine Fragen, die Erwachsenen sprachen nicht über den Gesundheitszustand unserer Mutter. Und so lernte ich, auf Zwischentöne zu achten und Stimmungen zu deuten. Ich gehorchte und kümmerte mich widerspruchslos um meine Brüder.

„Bitte lieber Gott, lass dass sie zurückkommt", betete ich jeden Abend. Bereitwillig wollte ich ein Abkommen treffen: Gehorsam gegen Genesung, Einsatz gegen Rückkehr. Und so war ich zehn Monate lang gehorsam und setzte mich für das Wohl meiner Brüder ein. Dann, nach scheinbar endlos langer Zeit, kam unsere Mutter zurück. Blass und nur noch Haut und Knochen. Meine Brüder freuten sich, sie rannten ihr entgegen und umarmten sie. Die Mutter wirkte so zerbrechlich. Ich betrachtete sie aus einiger Entfernung, sagte leise

„Hallo."

Die äußere Erscheinung trog. Meine Mutter musterte mich von oben bis unten mit ihrem Röntgenblick.

„Hallo! Willst du mich nicht richtig begrüßen, wo ich doch so lange fort war?", *zögernd ging ich auf sie zu und gab ihr die Hand.*

„Als allererstes ziehst du dieses schreckliche Kleid aus! Wo hast du das denn her, das ist ja peinlich, wenn du dich so auf der Straße zeigst. Höchste Zeit, dass ich wieder für Ordnung sorge!" *Ich ging an ihr vorbei, rannte über die Wiesen und weinte, nicht mehr vor Sorge, sondern vor Wut und Missachtung. Ich warf mich auf den Boden und malträtierte das Gras mit meinen Fäusten. Die Büschel, die ich ausriss, schnitten mir in die Finger und ich merkte wie der Druck nachließ. Erst viel später ging ich zurück. Meine Mutter lag auf dem Sofa, sie musste sich ausruhen.*

„Wo bleibst du denn so lange, du hättest mir ruhig ein wenig zur Hand gehen können."

Ich kochte Tee. Wieder regte sie sich über das Kleid auf:

„Kaum zu Hause und schon wieder muss ich mich über sie ärgern!", *fordernd sah sie zu meinem Vater.*

„Na los, muss ich dir erst Beine machen?", *zischte er in meine Richtung. Kein einziges Mal in den letzten zehn Monaten, hatte er so mit mir gesprochen oder war handgreiflich geworden. Ich hatte funktioniert, und das was ich gemacht hatte, war richtig. Jetzt lag meine Mutter im Wohnzimmer und hatte das Zepter wieder übernommen. Es lebe die Königin!*

Ich rannte auf mein Zimmer, zog das Kleid aus und stopfte es in den Mülleimer.

Fremdbestimmt!

Thomas

Ich sehe Licht am Horizont. Ihr Zustand hat sich etwas gebessert. Als wir uns beim letzten Besuch verabschiedeten, sah ich eine andere Form von Traurigkeit bei ihr. Es war nicht die Traurigkeit der letzten Monate, die nach innen gerichtet war, es war eine Traurigkeit, die mich und die Kinder miteinschloss. Sie war traurig, weil wir gingen, nicht weil wir ihr lästig waren. Diese Erkenntnis macht mich glücklich. Mit ganz kleinen Schritten kehrt sie zu uns zurück. Die Kinder vermissen ihre Mutter und können nicht verstehen, welche Art von Krankheit sie hat. Sie hat keine Verletzungen und muss auch nicht im Bett liegen. David scheint im Ansatz die Ursache zu begreifen, bei Clara ist die Sache schwieriger. Ich bin froh, wenn meine Mutter die beiden unter der Woche versorgt. Sie ist pragmatischer als meine Schwiegermutter, die dazu neigt zu dramatisieren. Meine Mutter lässt mich in Ruhe, wenn ich nicht reden will und spricht sich mit mir ab, im Umgang mit den Kindern. Sie bestärkt mich darin, meiner Frau beizustehen, und ihre Unterstützung gibt mir Sicherheit. Wenn Clara weint, versteht sie es, sie aufzuheitern. Sie erzählen sich Geschichten über die Mama, malen Bilder und basteln Kastanienmännchen. So ist ihre Mutter präsent, obwohl sie nicht da ist. Die Miene meiner Schwiegermutter wirkt dagegen anklagend und trieft vor Selbstmitleid. Gerade so, als wäre ihre Tochter mit Absicht krank, um ihr eins auszuwischen.

Dämonen

Tony wurde auf die Geschlossene verlegt. Nach der Geschichte mit Annika war er so durch den Wind, dass er nicht einmal mehr sein Zimmer verlassen konnte. Seine Stelle in der Gruppe nimmt Florian ein, ein Lehrer, dem die Schüler auf dem Kopf herumtanzen. Florian ist mit Sicherheit hochintelligent aber ein Langweiler. Er spricht leise und monoton. Ein gefundenes Fressen für pubertierende Halbstarke. Wie wird so jemand Lehrer? Ich höre ihm nur mit halbem Ohr zu und auch die anderen sind unkonzentriert. Irgendetwas an ihm provoziert mich, ohne dass ich sagen könnte, was es ist. Ich versuche mich zu beherrschen, will ihn nicht kritisieren, will ihn nicht noch mehr verletzen. Ich will ihm aber auch nichts vormachen. Ich hasse Lügen. Aber die Wahrheit wäre für Florian wohl ein erneuter Stich in die Wunde. Also schweige ich.

Als ich beim nächsten Termin mit Dr. Pauly darüber spreche, will diese mehr über die Gefühle wissen, die Florian bei mir auslöst.

„Mich nervt diese Opferhaltung. Nicht Herr der Lage zu sein, schwach zu sein."

„Sprechen Sie von Florian?", fragt Dr. Pauly.

„Kommt deine Familie am Wochenende?" Britta setzt sich zu mir auf die Bank.

Ich will mit Britta nicht über meine Familie sprechen, habe Sorge mir dann Geschichten über ihre Tochter und ihren Mann anhören zu müssen. Deshalb brumme ich nur eine halbherzige Antwort. Ich will nicht, dass mir diese verwaiste Mutter vor Augen hält, welches Glück mir beschieden ist.

„Warum bist du immer so abweisend? Hast du Angst, dass dir jemand zu nahekommen könnte?" Britta lässt nicht locker.

Es gibt andere hier, die ihre Fürsorge mehr zu schätzen wüssten als ich. Ich kann Nähe nur bedingt ertragen. Ich hasse es, wenn mir Menschen zu sehr auf die Pelle rücken, und mir ihre Ausdünstungen in die Nase steigen. Ich hasse, es ihre Geräusche wahrzunehmen, wenn sie laut atmen oder rülpsen, mit den Füßen scharren oder mit ihrem Fingerknöchel knacken. Noch mehr hasse ich diese Unart, dass sich alle gegenseitig abküssen und umarmen, oder wenn fremde Männer mit mir tanzen wollen, und ich ihre schweißigen Hände auf dem Rücken spüre - ihre Körper an meinem. Ich will nicht geführt werden und auch nicht hofiert. Thomas kommt damit gut klar. Er ist der einzige, dessen Berührungen ich zulassen kann, wenn es mir gutgeht. Ich mag seinen Geruch und den Geruch der Kinder. Wenn es mir gut geht, ist es auch schön mit den Kindern zu kuscheln, ihre weiche glatte Haut zu spüren.

„Tut mir leid Britta! Ich muss immerzu nachdenken", sage ich.

Damals

Wann hat es in meiner Familie Nähe gegeben. Meine Mutter war immer auf Distanz bedacht. Sie war mit sich und ihren Krankheiten beschäftigt und damit, ihren Willen durchzusetzen. Dafür war ihr jedes Mittel recht und in meinem Vater hatte sie den perfekten Partner. Einen Befehlsempfänger, dessen größte Sorge es war,

dass seine Frau wieder krank werden könnte. Sie schloss sich im Schlafzimmer ein und drohte sich umzubringen, falls der Vater die aufmüpfige Tochter nicht zur Räson brachte. Wenn er abends von der Arbeit kam, klagte sie ihm ihr Leid, und da ich und mein Vater so gut wie nie miteinander sprachen, hatte ich keine Möglichkeit mich zu verteidigen. Dann schlug er zu und die Mutter war zufrieden. Später beklagte sie sich, dass ich sie immer zu solchen Maßnahmen zwingen würde. Sie wüsste nicht, womit sie so eine Tochter verdient hätte. Ich hasste meinen Vater, wobei ich eigentlich die Mutter hassen sollte. Er war nur ausführendes Organ, die Mutter die treibende Kraft. Damals verstand ich das noch nicht.

Neue Wege

Heute Nacht sehne ich mich nach dem Messer. Die Schwestern hatten mir die Bürste abgenommen und ich finde nichts, was mir den Druck nehmen kann.

„Reden Sie mit den Schwestern, wenn sie wieder das Gefühl haben, sich weh tun zu müssen", hatte Dr. Pauly gesagt.

Welche Schwester hatte Dienst? Ich mag die von letzter Woche nicht. Eine kleine Hexe, die gegenüber den Patienten nur giftet. Mit ihr werde ich nicht sprechen. Im Aufenthaltsraum sitzt Britta und lächelt mir zu.

„Du kannst wohl auch nicht schlafen?", fragt sie, und ich setze mich zu ihr. Vorsichtig tasten wir uns im Gespräch vorwärts und

als ich merke, dass von Britta keine Gefahr ausgeht, entspanne ich mich etwas. Anscheinend hat sie ein ganz gutes Gespür für meine Stimmungen. Wir sprechen über Annika und Tony, und dann erzähle ich ihr von der Stimme und der Macht, die sie über mich hat. Von meinem Hass auf mich und die Welt und von dem Gefühl, kurz vor der Explosion zu stehen.

„Das tut mir leid", meint Britta. Und ich bin froh über die Differenzierung in ihrer Aussage. Nicht ich tue ihr leid, sondern das, was mir passiert. Ein himmelweiter Unterschied. Als Britta von ihrer Suche nach einem Sinn für ihre Zukunft erzählt, bin ich erleichtert; kein Wort über ihren Mann und ihre Tochter. Ohne das Messer zu brauchen gehe ich zurück aufs Zimmer.

Herr Göllner will mehr über die Stimme wissen.

„Ich kann ihr nicht entkommen" sage ich, „Sie ist plötzlich da und hat mich im Griff. Wenn ich versuche, mich ihren Anweisungen zu widersetzen, droht sie mit Konsequenzen. Dann beginne ich mit ihr zu verhandeln, unterwürfig wie ein Hund. Ich fühle mich schwach, und je schwächer ich mich fühle, desto hämischer wird sie. Sie gibt erst Ruhe, wenn ich kapituliere und mich unterordne. Und wenn ich dann ganz klein bin, setzt sie noch eins drauf und sagt mir, dass ich wissen müsste wo mein Platz sei. So jemand wie ich hätte nichts zu melden, und ich solle das endlich kapieren.

"Das ist ja ganz schön krank", meint der Scharrer und grinst blöd dabei.

„Das ist wohl zu hoch für dich", gifte ich zurück.

Ein Hauch meiner alten Form aus dem Teil in mir, der so lange im Verborgenen war.

Strafe

Durch die Tatsache, dass ich Fremden gegenüber von der Stimme gesprochen habe, verschlechtert sich mein Zustand drastisch. Ich muss mich dafür bestrafen, ein ungeschriebenes Gesetz übertreten zu haben. Die Unruhe und das schlechte Gewissen kommen nach der Gruppenstunde beim Mittagessen. Ich bringe keinen Bissen hinunter. Die Stimme verbietet es.

„Dir werde ich`s zeigen, Dinge zu erzählen, die niemanden etwas angehen."

Ich breche noch während des Essens in Tränen aus und renne auf mein Zimmer. Die Stimme wird lauter, sagt mir wie unfähig ich bin, dass ich mir wer weiß was einbilde und dabei das Allerletzte sei, weniger wert als der Dreck unter den Fingernägeln. Ich halte mir die Ohren zu, ducke mich und erwarte den ersten harten Schlag mit dem Stock. Ich muss meinen Kopf schützen. Er darf alles treffen, nur nicht den Kopf. Ich schreie und schlage um mich. >Elendes Miststück<, zischt die Stimme. Ich reiße die Tür meines Schranks auf und werfe die Kleider auf den Fußboden, renne ins Bad und werfe auch dort alles gegen die Wand, was nicht festgeschraubt ist. Ein Pfleger kommt und hält mich fest, ruft nach der Schwester. Irgendwann kommt Dr. Pauly und gibt mir eine Spritze.

Später meint Britta. „Du hast gebrüllt wie ein Tier!"

Ich wache auf, liege im Bett. Mein Kopf dröhnt und ich sehe alles durch einen Schleier. Mein Mund ist trocken. Ich habe das Gefühl, mich nur in Zeitlupe bewegen zu können. In der Tür erscheint die Hexe.

„Da können Sie aber froh sein, dass die Geschlossene voll waren, sonst hätten Sie jetzt auch das Vergnügen."

Sie gibt mir eine Tablette.

„Schlucken Sie die. Wäre ja noch schöner, wenn Sie heute Nacht wieder anfangen zu randalieren!"

Ich lege mich zurück auf mein Kissen, und der Schleier hüllt mich wieder ein. Ganz leicht, und dennoch trennt er mich von der Welt da draußen.

Du willst es nicht anders

Mit fünf Jahren kam ich gemeinsam mit Andreas in den Kindergarten. Andreas gewöhnte sich sehr schnell ein. Er war ein liebenswertes Kind – offen und zutraulich. Die anderen Kinder mochten ihn, er war schnell der Liebling der ´Tanten´ und er liebte das Basteln und Spielen. Ihm fiel es nicht schwer, sich anzupassen. Bei mir war das anders. Zusammengepfercht mit dreißig anderen Kindern in einem überhitzten Raum. Es war laut und ich habe noch nie gerne gespielt. Das war mir zu albern und zum Basteln fehlte mir die Geduld. Auch der Sinn dahinter erschloss sich mir nicht. Also tat ich das, was mir sinnvoll erschien – ich ging nach Hause. Meine Mutter war wütend. Nicht weil mir auf dem Weg etwas hätte passieren können, sondern weil ich wieder einmal aus der Reihe tanzte. Sie brachte mich zurück. Das hielt mich jedoch nicht davon ab, auch die nächsten Tage meine Sachen zu packen und den Heimweg anzutreten. Das Gezeter meiner Mutter scherte mich wenig. Ich wollte da nicht hin. Der Kindergarten hatte damals auch Samstag vormittags geöffnet. Wieder das gleiche Spiel. Nach dem Frühstück wurden wir von unserer Mutter dort abgeliefert und ich machte mich kurz darauf auf den Heimweg. Was ich nicht bedacht hatte war, dass an diesem Tag mein Vater zuhause war. Meine Eltern warteten bereits vor dem Haus auf mich. Ich sah sie von Weitem, setzte meinen Weg jedoch unbeirrt fort. „Siehst du, da kommt sie! Wie ich es gesagt habe!", hörte ich meine Mutter klagen. Mein Vater packte mich am Arm und zerrte mich in den Hausflur. Sein Gesicht war feuerrot. Meine Mutter schloss hinter ihm die Haustür, während mein Vater bereits unter lautem Geschrei auf mich einschlug.

„Du willst es nicht anders! Wer nicht hören will muss fühlen!"

Mein Weinen war für ihn Provokation, war Zunder für seine Wut. Seine groben Arbeiterhände schmerzten wie der Stock. Ich lag *auf dem Fußboden, er kniete neben mir und drosch auf mich ein. Wenn mein Vater sich in Rage geschlagen hatte, kannte er kein Halten mehr. Aus der Ferne hörte ich meine Mutter.*

„Nicht auf den Kopf, sonst wird sie auch noch dumm!"

Der Kopf war das einzige Körperteil, der verschont blieb. Irgendwann, mir erschien es wie eine Ewigkeit, sagte meine Mutter, dass es genug sei. Mein Vater war immer noch rasend. Wieder packte er mich am Arm, zerrte mich in den Keller und von dort aus weiter in den Gewölbekeller. Dort warf er mich auf die gelagerten Kartoffeln, löschte das Licht und schloss die Tür von außen ab. Es war kalt und feucht und dunkel. Nur ein kleiner Lichtstrahl kam durch die kleine Kellerluke. Es roch modrig und überall hingen Spinnweben. Ich hörte kleine Füße trippeln und kauerte mich in die Ecke. Rotz verklebte mein Gesicht. Ich wischte ihn mit dem Handrücken ab. Ich glaube nicht, dass ich lange so saß, aber ich kann die Eindrücke noch heute spüren. Jeder einzelne ist bis in kleinstes Detail abgespeichert. Unter den Modergeruch mischte sich der von eingelegtem Sauerkraut. Einige Kartoffeln waren angefressen, andere faulig. Im winzigen Lichtstreifen tanzten Staubkörner.

Die Tür ging auf und meine Mutter holte mich.

„Das mit dem Keller ist zu grausam", meinte sie, „Ich habe mich deinem Vater widersetzt, obwohl du so böse bist."

Wie gut sie doch war! Sie sperrte mich in mein Zimmer unter dem Dach, brachte mir ein Butterbrot und etwas zu trinken. Und sie stellte mir einen Nachttopf unters Bett. Dort blieb ich bis zum Abend. Meine Schenkel und mein Bauch verfärbten sich tiefblau, mir tat jede Bewegung weh.

Am Montag ging ich wieder in den Kindergarten. Die Tanten sorgten vor. Im Außenbereich sperrten sie mich, während die anderen

Kinder im Garten spielten, in den Geräteschuppen, Im Haus sperr-
ten sie mich, bis die Außentüre abgeschlossen wurde, ins Büro.
In meiner Verzweiflung trat ich gegen die Tür und warf die Unter-
lagen des Schreibtisches. Danach sperrten sie mich hinter die Tür
zum Dachboden. Ich setzte mich auf die Treppe und wartete, bis
sich der Schlüssel wieder im Schloss drehte.

Ich fühle mich wie der größte Versager. Weinend sitze ich vor Dr. Pauly.

„Ich habe versucht darüber zu sprechen. Aber das alles ist viel stärker als ich. Ich kann einfach nicht mehr."

„Keiner hat Ihnen gesagt, dass es leicht sein wird", erwidert sie.

„Können Sie mir sagen, was der Auslöser war?"

„Ich habe ein ungeschriebenes Gesetz gebrochen. Ich habe über Dinge gesprochen, die Fremde nichts angehen!"

Ich fühle mich klein, ungefiltert kommen jetzt die Emotionen hoch. Ich weine, mein ganzer Körper weint. Dr. Pauly erhöht die Dosis der Antidepressiva. `Die nächste Niederlage´, denke ich und möchte am liebsten einfach verschwinden, mich auflösen in nichts.

Familiensache

Warte!

Nichts darf nach draußen.

Die Nachbarn zerreißen sich das Maul.

Brüll nicht zu laut!

Es ist peinlich genug.

Jetzt;

die Fenster sind verschlossen.

Schlag zu!

Als am Wochenende die Familie kommt, beobachte ich jede Reaktion von Thomas. Ich suche nach Anzeichen dafür, dass jemand gepetzt hat. Kein Wort über den Zwischenfall. Die drei freuen sich nur mich zu sehen. Die Kinder berichten aufgeregt von irgendwelchen Geburtstagsfeiern und Sportveranstaltungen und sind froh, dass ich wenigstens halbherzig zuhöre. Als sie im Park Verstecken spielen, greift Thomas nach meiner Hand. Ich unterdrücke den Impuls zurückzuweichen, halte es aus. Als ich Thomas anschaue lächelt er.

Richtungswechsel

Mein verborgener Teil erwacht langsam. Durch die Leere und die kreisenden Gedanken hindurch, zeigen sich Risse in meiner Mauer. Ich merke es daran, dass ich teilweise in der Welt da draußen bin, auf Impulse reagiere, auch wenn die Welt der Abschottung immer noch mehr Anziehung auf mich ausübt. Ich muss mich noch schützen, gehe nach wie vor Kontakten aus dem Weg. Ich habe Angst vor einer erneuten Eskalation, will die Kontrolle nicht noch einmal verlieren. Aber ich will auch nicht, dass die Stimme noch mehr Macht über mich bekommt. Dr. Pauly meint, dass ein wesentlicher Schritt getan ist, auch wenn sie vorübergehend die Medikation erhöht hat.

„Nur zur Unterstützung<" meint sie, „damit Sie sich nicht so quälen müssen!"

Sie erklärt mir die Macht der Introjekte. Verinnerlichte Denkmuster, die ich von anderen übernommen hätte. Das Gefühl wertlos zu sein. Die Überzeugung, nicht liebenswert zu sein, hätte sich in mir breit gemacht und nage an meinem Selbstwertgefühl.

Ich weine noch viel. Aber es ist ein anderes Weinen. Nicht mehr leer, sondern gefüllt mit Verachtung und Wut. Weniger erleichternd, als aufwühlend. Ich wünschte, ich hätte niemals geheiratet und niemals Kinder bekommen. Ich wünschte mich auf eine einsame Insel, ohne Verpflichtung. Dann kommt das schlechte Gewissen. Wie kann ich mir die Kinder und Thomas wegwünschen? Bin ich es überhaupt wert, von ihnen geliebt zu werden? Ich empfinde diese Liebe als Last, die mir Unvorstellbares abverlangt. Ich wünsche mir, fähiger zu sein, die Mutter und Ehefrau sein zu können, die meine Familie verdient hat!

Thomas

Sie ist nun seit vier Wochen in der Klinik. Wir haben uns an die Situation gewöhnt. Die Kinder freuen sich, wenn wir am Wochenende zu ihr fahren, und zu Hause läuft es erstaunlicherweise recht gut. Sie verändert sich immer mehr. Zwar ist sie noch nachdenklich aber nicht mehr so abweisend wie zuvor. Ich kann akzeptieren, dass sie wenig über die Therapie spricht und dränge sie nicht, obwohl ich mir mehr Anteil wünsche. Ich fühle mich ausgebootet und ich habe Angst. Keine Ahnung was aus meiner Familie wird. Meine Frau ist krank, das weiß ich. Aber sie hat eine Krankheit, die nicht so leicht zu verstehen ist, wie etwa Krebs oder ein Herzinfarkt. Das meiste ist für mich fremd, nicht greifbar. Vielleicht weil ich ein Vernunftmensch bin. Ich habe viel über Depressionen und Zwangserkrankungen gelesen, aber nachvollziehen, wie diese Krankheit entsteht, und dass der Betroffene ihr ausgeliefert ist, das kann ich nicht. Gerade sie die immer so energiegeladen war, die kein Blatt vor den Mund genommen hat und sich nicht darum scherte, ob sie aneckte. Sie wird nun von dieser Welle überrollt. Für mich wäre es ein absoluter Horror, meine Gefühle und Gedanken nicht steuern zu können. Und die Tatsache, dass sie mit einer solchen Ohnmacht zurechtkommen muss, macht mich zutiefst betroffen. Ich will ihr beistehen, sie unterstützen, was auch immer. Ich bin wütend auf die Krankheit, die mir meine Frau streitig macht. Und ich kämpfe im Hintergrund, mit allen Mitteln, die mir zur Verfügung stehen. Kampflos gebe ich nicht auf.

Kleine Schritte

Ich schäme mich wegen meines Ausbruchs nach der letzten Gruppenstunde. Aber beim heutigen Treffen ist das gar kein Thema. Vielleicht weil solche Ereignisse hier an der Tagesordnung sind. Jeder hat hier seine Hochs und Tiefs. Manche kommen dann auf die Geschlossene, und wenn sie wieder zurückkommen, freuen sich die anderen mit ihnen. Zum ersten Mal kann ich akzeptieren, nicht alles im Griff zu haben. Hier in diesem Umfeld, wird mir gezeigt, dass ich deswegen noch lange kein Versager bin.

„Es ist viel mutiger zu seinen Gefühlen zu stehen und sie zuzulassen, als sie ständig zu unterdrücken", meint Herr Göller, „Die meisten von Ihnen müssen erst noch lernen, sich selbst zu akzeptieren und in einer angemessenen Form mit ihren Emotionen umzugehen."

Das beschäftigt mich. Ich dachte immer, über der Sache zu stehen wäre Sinn des Ganzen. Alles im Griff zu haben. Die unterdrückten Ängste und Gefühle suchen sich jetzt einen Weg nach oben. Die Depots meines Widerstandes sind erschöpft und ich muss eine andere Richtung für mich finden. Ich wehre mich noch dagegen. Ich habe keine Ahnung wie ich mit diesen, von mir bisher nicht geduldeten Reaktionen umgehen soll. Nur widerwillig gestehe ich mir ein, dass mein Ausbruch einen ähnlichen Effekt hatte wie das Messer. Neben all der Scham fühlte ich mich danach auch erleichtert. Als ich Dr. Pauly davon erzähle meint sie:

„Jetzt müssen wir nur noch gemeinsam einen Weg finden, wie Sie Ihre Emotionen alltagstauglich steuern können."

Zwei Welten

In meiner Jugend galten Gefühle als Schwäche. Weinen war nur etwas für kleine Kinder und für Beerdigungen. Fleiß, Ordnung, Anpassung und Widerstandsfähigkeit waren gefragt. Das machte damals das Leben in der Gemeinschaft einfacher. Über Gefühle wurde nicht gesprochen, Schwäche war ein Makel- nur die Stärksten konnten gewinnen- Darwin´sches Gesetz. Verpönt war auch alles, was jemanden aus der Reihe tanzen ließ. Das brachte nur Unruhe und die Familie schämte sich dafür, war kollektiv dafür verantwortlich. *Dann hatte die Erziehung versagt. Scham war ein weitverbreitetes Gefühl. Man schämte sich für ein Kind mit roten Haaren oder ein Kind mit außergewöhnlichen Interessen und Fähigkeiten. Man schämte sich, wenn die Fenster nicht geputzt waren oder die Straße nicht gefegt war und auch, wenn der Garten an Allerheiligen noch nicht umgegraben war. Ich hatte rote Haare, andere Vorstellungen als meine Eltern und einen festen Willen. Mich interessierten weder Spielsachen noch Puppen. Ich hatte kein Interesse an Hausarbeit. Mein Interesse galt den Büchern und der Welt, die darin beschrieben war, eine Welt außerhalb meines Radius. Mit den Büchern erschlossen sich mir Themen, die ich sonst mit niemandem teilen konnte. Meine Großmutter las mir Grimms Märchen vor und die Geschichten aus der Kinderbibel. Ich wurde wütend, wenn ich Ungerechtigkeiten in den Geschichten witterte. Ich hatte die Fähigkeit in das Geschehen einzutauchen und mich wie ein Teil davon zu fühlen. Später, als ich selbst lesen konnte, war ich Dauergast in der städtischen Bücherei. Manchmal musste ich die Bücher gar nicht ausleihen, sondern las sie während der Öffnungszeiten. „Hallo Mr. Gott hier spricht Anna" war so ein Buch, dass mich zu Tränen rührte. Weinend saß ich vor dem Bücherregal und dachte an Anna.*

Später verschlang ich die Sagen des klassischen Altertums. Sie entführten mich in ferne Länder und ließen in mir eine Sehnsucht wach werden, die sich, je älter ich wurde, immer mehr in mir ausbreitete. Altersentsprechende Bücher waren für mich oft langweilig. Meinen Eltern waren meine Bücherliebe ein Dorn im Auge. Sie bezeichneten sie als Spinnerei und Zeitverschwendung, die mich von sinnvoller Arbeit abhielt. Mein Fernweh war Ausdruck dessen, dass ich nicht wusste wo mein Platz war, immer in der Hoffnung, ihn irgendwo da draußen zu finden. Meine Freundinnen wurden argwöhnisch von meinen Eltern beäugt. Sie gehörten zu „den Besseren" und meine Eltern sahen darin den Ursprung meines

„Größenwahns". Damals wurde mir immer wieder vorgehalten, dass ich nicht normal wäre, weil ich ganz anders war, als eine gute Tochter in den Augen meiner Eltern sein sollte. Und ich entwickelte ein Gefühl nicht hier her zu gehören. Gegenseitiges Unverständnis führte zu Auseinandersetzungen, bei denen keiner von seiner Meinung abweichen konnte. Die Fronten verhärteten sich und bildeten den Nährboden für Wut und schwelenden Hass. Ich konnte meine Vorstellungen vom Leben nicht verraten, hatte aber auch niemanden der sie unterstützte. Und so begann mein Kampf ums Überleben, in einer Welt der Ablehnung auf der einen Seite, und dem unbändigen Willen sich selbst treu zu bleiben auf der anderen.

Wochenende

Mein erster Wochenend- Urlaub steht bevor. Dr. Pauly meinte, ich solle mich trauen, langsam in mein Umfeld zurückzukehren. Ich selbst bin unsicher. Thomas holt mich am Samstagmorgen ab. Er scheint glücklich zu sein und ich habe augenblicklich Bedenken, seine Erwartungen zu enttäuschen. Zu einsturzgefährdet erscheint mir das filigrane Gerüst meiner neugewonnenen Kraft. Die Kinder laufen mir freudestrahlend entgegen. Meine Schwiegermutter umarmt mich und geht nach Hause, zeigt mir, dass sie nicht meinen Platz eingenommen hat. Thomas schlägt vor, dass wir gemeinsam in den Zoo gehen und die Kinder sind begeistert.

„Nur solange du kannst", meint er, 2Wir gehen zurück wann immer du willst."

`Vielleicht ganz gut, wenn ich dosiert ankomme´, denke ich und willige ein. Wider Erwarten tut mir der Besuch gut. Die Kinder sind abgelenkt und Thomas passt sich meinem Tempo an. Er packt mich nicht in Watte. Das ist die erste Hürde, die wir genommen haben. Meine Angst, dass Thomas mich wie eine Invalide behandeln könnte., legt sich. Er ist rücksichtsvoll und aufmerksam, ohne aufdringlich zu sein. Die frische Luft tut mir gut. Ich betrachte die Kinder und wünsche mir, bald wieder für sie da sein zu können.

Zuhause gehe ich an meinen Schreibtisch und sehe die Post durch. Ich lege alles auf einen Stapel, was Thomas für mich erledigen wird. Anfragen von der Versicherung, Dokumente zum Abheften usw. Zwischen den Briefen finde ich eine Postkarte von Rosa. Rosa heißt eigentlich Rosalinde, aber sie war nicht bereit, sich diesem Namensdiktat zu fügen und hatte beschlossen, nur noch auf Rosa zu hören. Sie ist seit über zwanzig Jahren meine beste Freundin. Eine Frau, der scheinbar alles mühelos gelingt. Seit acht Wochen ist sie in Asien unterwegs. Die Karte hatte sie aus Bali geschrieben.

>*Liebe Johanna, die Natur hier ist atemberaubend, die Menschen sind sehr gastfreundlich. Ich genieße die vielen Eindrücke, die mich von morgens bis abends staunen lassen. Hier bekommt das Wort „Leben" eine ganz andere Dimension. Hoffe dir geht's gut Rosa*<

Rosa. Hätte ich doch ein bisschen was von ihrem Mut und ihrer Energie. Kein Weg scheint ihr zu schwer und kein Land zu fern. Ich habe das Gefühl, als würde rosa das Leben führen, das ich mir immer gewünscht habe. Frei, nur sich selbst verantwortlich, spontan.

Wir hatten uns während eines Praktikums kennengelernt. Ich musste die Zeit bis zum Ausbildungsbeginn überbrücken und rosa schnupperte in den unterschiedlichen Bereichen. Wir verstanden uns auf Anhieb und verbrachten viel Zeit miteinander, obwohl ich eher reserviert war. Immer ging die Initiative von Rosa aus. Ich konnte anfangs nicht verstehen, was Rosa an mir fand. Ich fühlte mich ihr, die Abitur hatte, unterlegen. Aber Rosa signalisierte mir deutlich, dass sie meine Gesellschaft suchte und auch genoss. Rosa war ein Quell der Inspiration und als wir ein Jahr später einen Rucksack- Urlaub zusammen in Israel machten, hatte ich das Gefühl, endlich im Leben angekommen zu sein. Wir trampten oder fuhren in überfüllten Bussen von Norden nach Süden, schliefen in Hostels, arbeiteten einige Tage im Kibbuz und verbrachten eine Woche bei den Beduinen. Mit ihnen fuhren wir in die Wüste, rauchten Joints, trampten zurück, wobei uns unsere Blauäugigkeit in einige gefährliche Situationen brachte, denen wir Gott sei Dank unbeschadet entkamen. Andererseits waren wir der Enge und den Zwängen zu Hause entkommen. Zum ersten Mal fühlte ich mich frei. Rosa war später meine Trauzeugin und an dem Tag als David zur Welt kam, träumte Rosa im fernen Mexiko von seiner Geburt. Später stellten wir fest, dass sie exakt in der Stunde geträumt hatte, als David geboren wurde.

Ich lege die Karte zurück auf den Schreibtisch, reiße meine Gedanken los und gehe zurück in mein jetziges Leben; zu meiner Familie ins Wohnzimmer.

Klinik

„Es freut mich sehr, dass Sie Ihren Aufenthalt zu Hause genießen konnten", meint Dr. Pauly bei unserem Gespräch am Montag. „Sie sind verunsichert und trauen sich wenig zu. Aber ich glaube, dass Sie Ihre neugewonnenen Erkenntnisse, die Sie in der Gruppe finden, in der Praxis üben sollten."

Mit den neugewonnenen Erkenntnissen meint sie wohl, nicht so lange zu warten, bis ich über meine Wünsche und Gefühle spreche:

„Sie haben im Moment den Vorteil, dass Ihre Familie sensibilisiert ist, und das sollten Sie sich zu Nutze machen."

Das bereitet mir nach wie vor Mühe. Wünsche zu äußern bringt mich in die Position des Bittstellers, und ich weiß aus Erfahrung, dass mir eine ablehnende Antwort nicht guttut. Und die meisten Reaktionen sind ablehnend, das war schon immer so. Dann glaube ich, nicht das Recht zu haben auf die Erfüllung dieser Wünsche. Oder ich glaube, der Willkür anderer ausgeliefert zu sein. Weshalb also, soll ich mir die Blöße geben, um etwas zu bitten. Ich begebe mich lieber auf sicheres Terrain und kämpfe gegen die Mächte an, die mir im Weg stehen. Nur was tun, wenn diese Mächte immer größer werden. Ich bin ein Einzelkämpfer im Kampf gegen Windmühlen.

In den Gruppengesprächen höre ich nun aufmerksamer zu. Die Beiträge der anderen kommen bei mir an und ich sehe mich in vielen Geschichten selbst. Das einzugestehen fällt mir nicht leicht. Verhaltensweisen, die ich bei anderen verachte, erkenne ich, wenn ich ehrlich zu mir selbst bin, auch an mir. Andere wiederum rufen Empfindungen hervor, die mit Ereignissen aus meiner Vergangenheit verknüpft sind. Ich weiß jetzt, warum ich den Scharrer so hasse. Jedes Mal, wenn mein Vater gereizt war, hat er angefangen unter dem Tisch mit den Füßen zu scharren und ich wusste, dass es bis zum nächsten Wutausbruch nicht mehr weit war. Das Geräusch weckt in mir das Bedürfnis zu fliehen oder anzugreifen. Urinstinkte, die schon die Steinzeitmenschen bei Gefahr angetrieben haben. Und dieser Angriff erfolgt dann, indem ich die wunden Punkte des Scharrers gnadenlos ausnutze. Auch seine hämischen Bemerkungen triggern mich. Mein Vater war schadenfroh und hat seine Machtposition demonstriert, indem er austeilte aber keine Widerrede duldete. Mangelnde Anerkennung kompensierte er mit körperlicher Gewalt. Wenn er schlug, musste er nicht sprechen, denn da hätte er den Kürzeren gezogen. Auch mein Vater hatte seine Selbstachtung verteidigt, zum Nachteil von mir.

Ich hasste meinen Vater und ich hasste es ein Teil von ihm zu sein. Ich hatte sein rotes Haar und seine helle Haut geerbt. Seine Gesichtsform, seine Nase und seine Schweinsäuglein. Jedes Mal, wenn ich Fotos von mir betrachtete, stach mir diese Ähnlichkeit ins Auge. Und so begann ich auch mich zu hassen. Ich suchte beharrlich nach Unterschieden, und da mir das seitens des Aussehens nicht gelang, konzentrierte ich mich auf die Unterschiede in unserem Wesen. Geistig hatte ich ganz andere Fähigkeiten als mein Vater. Und so tat ich meinen Körper als notwendiges Übel ab, schulte dafür meinen Geist umso mehr.

Im Gespräch mit Dr. Pauly versuche ich diese Differenzierung zu erklären.

„Die Ähnlichkeit zwischen mir und meinem Vater ist offensichtlich. Ich hasse meinen Körper dafür."

Dr. Pauly sieht mich an.

„Ihr Vater muss ein schöner Mann gewesen sein."

Das finde ich nicht, und will es auch nicht hören.

Mein Körper, mein Feind

Ich war immer ein kräftiges Kind. Als ich ungefähr zehn Jahre alt war, begann sich mein Körper zu verändern. Viel früher, als die Körper der Freundinnen. Ich konnte nichts dagegen tun, als sich die Brüste entwickelten und die Hüften breiter wurden. Als ich mit elf Jahren meine erste Periode bekam, war das ein Schock. Ich fühlte mich schmutzig und die Erkenntnis, dass ich keinerlei Einfluss auf diese Veränderungen hatte, ließ mich verzweifeln. Ich verabscheute diese Hülle, in der ich gefangen war, immer mehr und distanzierte mich von ihr. Ich begann, nur das was in meinem Kopf war als mein Ich anzuerkennen und spaltete dieses vom restlichen Körper ab. Nur über meine Gedanken hatte ich noch Kontrolle.

Als ich 14 war und meine Freundinnen die Sommerferien in Italien oder Spanien verbrachten, nahm mich meine Mutter zur Seite und erzählte stolz:

„Stell dir vor, was der alte Herr Langner zu mir gesagt hat! Er meinte: Immer, wenn ich Ihre Tochter sehe, frage ich mich, wie eine so schöne Frau wie Sie, eine so hässliche Tochter haben kann!"

`Ein Schlag ins Gesicht wäre für mich auch nicht schlimmer gewesen, aber mein Stolz ließ keine Erwiderung zu.

„Naja, du könntest schon ein bisschen abnehmen, bist in letzter Zeit ganz schön speckig geworden", setzte meine Mutter nach. Und so beschloss ich schlanker zu werden. Ich lernte innerhalb kürzester Zeit Kalorientabellen auswendig und reduzierte mein Essen auf ein Mindestmaß. Ich freute mich über die Macht meines Willens und den Erfolg, den die Waage anzeigte. Als die Kilos nach den rasanten Anfangserfolgen immer schwerer purzelten, begann ich damit meinen unfolgsamen Körper mit dem Messer zu

traktieren. Ich schnitt mir in die Oberschenkel und die Hautfalten am Bauch, in der Vorstellung, dass dadurch Fett abfloss. Der Schmerz linderte den Druck. Ich reduzierte meine Essenszufuhr noch drastischer und als meine Eltern mich, unter Androhung von Schlägen, zwangen eine Suppe zu essen, schrie ich meine Mutter an:

„Du hast doch nur Angst, dass ich schlanker sein könnte als du!"

 Sobald mich meine Eltern nun zwangen etwas zu essen, ging ich anschließend in mein Zimmer, trank fläschchenweise Abführmittel und hoffte darauf, dass mein Körper das Essen wieder schnell ausschied, ohne die Kalorien aufgenommen zu haben. Ich hatte Kontrolle über dieses Fleisch bekommen, hatte abgenommen und die verhasste Periode blieb aus. Ich war nicht bereit diese Kontrolle wieder abzugeben, und wenn mich mein Vater totschlug. Dafür nahm ich auch die weniger angenehmen Folgen in Kauf oder ignorierte sie; Im Hochsommer fror ich, hatte ständig blaue Lippen, nachts lag ich mit Magenschmerzen im Bett und ich war ständig müde. Als ich nach den Sommerferien in die Schule zurück ging, bekam ich Anerkennung und wurde wahrgenommen. Ich hatte mich von 68 auf 46 Kilogramm herunter gehungert.

Der zersplitterte Spiegel

Blut! Schmerz!

Konturen von weißem Fleisch. Glassplitter vor mir, zerborsten durch einen harten Schlag gegen ein Bild, das ich nicht mehr ertragen konnte. Mein Kopf will etwas anderes, als das was mir der Spiegel zeigt. Ich hasse diesen Körper, in dem ich gefangen bin, hasse das Bild, das mir der Spiegel zurückwirft. Auch jetzt, wo er zerrsplittert ist, sehe ich Fragmente von Beinen und Bauch vor mir liegen; weiß, fett, ekelhaft. Das Blut tropft von meinen Händen und ich spüre den Schmerz; gerechte Strafe - würde er gehorchen! Ich zertrete die Splitter mit meinen Füßen, damit ich mich nicht immer wieder diesen Bildern zuwenden muss. Aber sie werden nur kleiner, dafür immer mehr. Der Spiegel ist nicht weg, genauso wenig wie das Bild, das nicht mehr zu sehen ich gehofft hatte.

Die Welt ist voller Spiegel, sie wuchern wie Unkraut und werfen mir entgegen, was ich nicht sehen will. Ich schließe die Augen und mache mich auf in meine Welt, weit weg von da draußen!

Umdenken

Ich ertappe mich dabei, wie ich mich auf die Gruppentherapie freue. Herr Göller überzeugt mich mit seinen Ansätzen. Die Co-Therapeutin lasse ich weiter grinsen und stieren. Ich mag Britta und Claudia. Auch Sebastian mag ich. Er hat schon zweimal versucht, sich das Leben zu nehmen und spricht viel über seinen

Schmerz und seine Verzweiflung. Ihm fühle ich mich verbunden. Auch er ist ein Kämpfer, will nicht aufgeben und fühlt sich seiner übermächtigen Krankheit ausgeliefert. Die Jammerliese und den Scharrer versuche ich nicht zu beachten. Das gelingt mir meistens ganz gut. Ich muss mir eingestehen, dass ich viel dazu lerne. Wir haben feste Regeln in der Gruppe. Andere zu beleidigen und persönlich anzugreifen ist tabu. Wir sind angehalten in Ich-Sätzen zu sprechen: Ich fühle mich .... Bei mir löst das das Gefühl X aus.... Mir ist das fremd.... Das kann ich schlecht nachvollziehen. Auch wenn wir Rückmeldung an die anderen geben, gibt es eine feste Regel: Dein Verhalten wirkt auf mich.... Du erinnerst mich an....

Das hat den Hintergrund, dass unseren Aussagen die Absolutheit genommen wird und wir lernen andere Meinungen zu respektieren. Es geht nicht darum recht zu haben, sondern eine eigene Position zu finden. Mir kommt das sehr entgegen. Ich fühle mich weniger infrage gestellt und mein Bedürfnis nach Distanz wird respektiert.

„Ich empfinde dein Verhalten oft abweisend", sagt Britta an mich gerichtet, „Das macht mich traurig. Ich finde dich nämlich sehr interessant."

Herr Göller fragt mich, was dieses Statement bei mir auslöst. Ich erkläre Britta, dass ich gerne für mich allein bin und mir im Moment der Kontakt zu meinen Mitmenschen schwerfällt. Ich denke viel nach und ich mag keine Nähe.

„Schade", meint Britta, "du könntest mir eine Chance geben."

Es fällt mir schwer diese Sympathiebekundung anzunehmen. Das ist für mich unsicheres Terrain. Ich will nicht in Ungewisses investieren und verlasse mich auf das, was sich in der Vergangenheit als hilfreich erwiesen hat.

„Andere an Ihrem Leben teilhaben zu lassen, beinhaltet auch Chancen", meint Herr Göller, „Was brauchen Sie, um dies zulassen zu können?"

„Sicherheit und Vertrauen. Beides habe ich nicht"

„Daran können wir arbeiten, wenn Sie das möchten."

Ich lasse mich auf das Wagnis ein. Britta wirkt ehrlich. Bei ihr könnte ich es versuchen.

So lerne ich, wie ich anders kommunizieren kann. Ich lerne, andere Meinungen zu akzeptieren und dass meine Mitmenschen, trotz unterschiedlicher Auffassung, nicht automatisch mich als

Person infrage stellen. Ich lerne zu meinen Bedürfnissen zu stehen und meine Wünsche zu äußern, ohne ständig auf der Hut zu sein. Die Gruppe zeigt mir, dass ich als Mensch akzeptiert werde, auch wenn ich anders denke als sie. Ich verliere meinen Schwarz-Weiß-Blick und erkenne die vielen Schattierungen dahinter. Mir tun sich neue Wege auf und die Gruppe unterstützt mich dabei, den Mut zu finden diese auch zu gehen. Und wenn etwas nicht funktioniert, anzuerkennen, dass ich es versucht habe. Anstelle des Messers nutze ich nun Worte, um den Druck abzubauen. Worte habe ich genug. Es funktioniert. Diese neue Möglichkeit fällt mir nicht leicht. Vorsichtig taste ich mich vorwärts. Die Unterstützung durch Herrn Göller und die Rückmeldung der anderen bestärkt mich darin weiterzumachen. Jetzt, wo ich langsam an Sicherheit gewinne, lege ich mehr und mehr meine Vorsicht ab. Ich habe endlich eine Wahl. Ich kann entscheiden, welchen Weg ich einschlage. Aus der Distanz betrachtet erscheinen mir meine Probleme nicht mehr ganz so überdimensioniert. Ich registriere, wie sich auch Britta und die anderen verändern. Und ich freue mich darüber. Sie sind mir nicht mehr egal. Ich kann Anteil nehmen an ihren Geschichten. Es ist ein schönes Gefühl.

Was ich nicht lerne ist, die Kontrolle abzugeben. Nach wie vor betrachte ich das autogene Training als vertane Zeit. Ich glaube allerdings, dass ich den Sinn dahinter nicht erkenne. Oder nicht erkennen will. Mein hohes Bedürfnis nach Sicherheit lässt keinen Kontrollverlust zu. Mir fehlt es an Überzeugung. Ich bin kein körperorientierter Mensch. Ich bin Kopfmensch. Es ist mir egal, ob sich meine Arme warm und schwer anfühlen. Mein Körper soll funktionieren und meinen Willen gebe ich nicht in fremde Hände. Er ist das einzige, was mir allein gehört und ich bin nicht bereit, diesen Besitz aufs Spiel zu setzen. Weder durch Meeresrauschen noch durch Klangschalen und schon gar nicht durch Suggestion von außen. Und so beschließe ich, dass diese Methode für mich nicht infrage kommt. Punkt.

Der Zwang wird weniger, je mehr mein Selbstbewusstsein wächst. An guten Tagen kann ich ihn als lästiges Übel betrachten, wie eine Brille oder ein Hörgerät. An weniger guten Tagen hilft er mir als Ventil. Dr. Pauly meint, das sei eine Ersatzhandlung. Je weniger ich meine Gedanken im Griff habe, desto stärker ist der Zwang. Je mehr Sicherheit ich bekomme, desto weniger benötige ich ihn. Sie meint, dass diese Verhaltensweise sehr chronifiziert sei und glaubt, dass ich wohl auf Dauer damit zu tun haben werde. Ziel ist es, ein erträgliches Niveau zu schaffen und zu lernen, wie ich ihn auf diesem Niveau halte. Dafür brauche ich Stabilität. Auch die Stimme ist leiser geworden. Ich weiß, dass auch dieser Schein trügt. Sie hat sich zurückgezogen, ist aber jederzeit wieder bereit zum Angriff. Und wenn sie angreift, muss ich gewappnet sein.

Meine Mauer hat jetzt Lücken. Ich kann die Welt da draußen erkennen und an ihr teilhaben. Noch sitze ich drinnen aber ich schotte mich nicht mehr ab. Auch hier brauche ich die Steuerung. Eigentlich will ich gar nicht Teil von da draußen sein. Ich fühle mich wohl hinter meinem Wall und genieße den Ausblick.

In der Gruppe machen wir eine Nähe-Distanz-Übung. Ich habe ein ungutes Gefühl dabei – in mir sträubt sich alles. Sebastian steht mir einige Meter entfernt gegenüber. Die Co-Therapeutin an seiner Seite. An meiner rechten Seite steht Herr Göller. Ich rieche sein After-Shave. Es riecht fürchterlich konzentriert und geht mir direkt in den Kopf. Ich sehe seine Hautporen, groß wie Krater. Ich spüre, wie meine rechte Seite anfängt zu kribbeln. Ich trete einen Schritt zur Seite und lege ein paar Steine in die Mauerlücken. Sebastian geht einen Schritt auf mich zu und soll sagen, wie sich das für ihn anfühlt. Dann gehe ich einen Schritt auf Sebastian zu. Meine Atmung wird schneller. Beim nächsten Schritt merke ich, wie sich ein Panzer um meinen Brustkorb legt und meine Hände feucht werden. Sebastian verändert sich, je näher ich ihm komme. Seine Gesichtszüge wirken verzerrt, er scheint zu wachsen. Herr Göller bemerkt meine Anspannung und spricht mich darauf an. Ich soll die Größe meiner Schritte variieren und kann jederzeit abbrechen, wenn es mir unangenehm wird. Die anderen Gruppen standen viel näher beisammen. Ich mag Sebastian, will ihn nicht vor dem Kopf stoßen, trotzdem breche ich ab, setze mich auf meinen Stuhl und beginne mich in meinen Kokon zurückzuziehen. Sebastian sitzt mir gegenüber. Sein Blick ist unsicher. Ich fühle mich erbärmlich und lege mein Pokerface auf. Herr Göller lässt sich davon nicht beeindrucken.

„Erzählen Sie uns von Ihren Gefühlen während der Übung!", fordert er mich auf.

Zögerlich beginne ich zu sprechen:

„Ich mag es nicht, wenn mir Menschen zu nahekommen. Ich empfinde fremde Körper als Bedrohung, die mir die Luft zum Atmen nehmen. Dann verliere ich die Steuerung. Bei Männern ist es noch schlimmer als bei Frauen." Ich blicke zu Sebastian.

„Das hat nichts mit dir persönlich zu tun, Sebastian. Das ist mein Ding!"

Der Druck lässt nach. Ich lerne Worte zu nutzen.

Zurück

Acht Wochen nach meiner Einweisung meint Dr. Pauly, dass ich aus der Akutklinik entlassen werden könnte.

„Sie haben bei uns viel erreicht", sagt sie im Abschlussgespräch, „aber ihre Therapie ist damit nicht zu Ende." Sie erklärt mir die verschiedenen Möglichkeiten, die sie im Anschluss als sinnvoll erachtet und empfiehlt mir, baldmöglichst mit der Folgetherapie zu beginnen. Sie appelliert an mich, meine Medikamente weiter zu nehmen und nur unter ärztlicher Aufsicht die Dosis zu ändern. Auch Britta soll entlassen werden. Als sie sich von mir verabschiedet, weint sie.

„Ich habe dich hier sehr liebgewonnen, auch wenn du es mir nicht leicht gemacht hast", schluchzt sie, „wieder ein Abschied; du wirst mir fehlen."

Ich weine nicht. Auch ich mag Britta, aber mein Kopf hasst Sentimentalitäten Britta wird in meiner Erinnerung einen festen Platz bekommen. Ich werde den Kontakt jedoch nicht halten. Für mich ist die Zeit hier beendet.

Ich muss mich erst wieder an zu Hause gewöhnen, bin unsicher, was die Kinder und Thomas von mir erwarten. Bin ich den Anforderungen des Alltags gewachsen? Meine Schwiegermutter hat angeboten, mich weiter zu unterstützen. Nett gemeint, aber ich will versuchen allein klar zu kommen. Meine Haushaltshilfe kommt zweimal in der Woche und Thomas sagt, dass ich selbst nur das Nötigste machen soll. Er versucht seine Unsicherheit zu überspielen, behandelt mich wie ein rohes Ei, aber ich merke, dass auch er am Limit ist. Er ist schmal geworden und seine dunklen Haare zeigen mehr grau als noch vor acht Wochen. Er bräuchte Zuwendung, fordert sie aber nicht ein. Wieder beginne ich zu grübeln. Soll ich ihm geben, wonach er sich so sehnt? Ich wäre überfordert, fühlte mich erneut fremdgesteuert. Nicht ich gäbe ihm die körperliche Nähe, sondern mein Pflichtgefühl. Wäre das fair ihm gegenüber? Wäre es fair mir selbst gegenüber? Ich überlege, was mir Dr. Pauly raten würde.

„Lernen Sie über ihre Gefühle zu sprechen!", höre ich sie sagen.

„Hast du Lust auf ein Glas Wein?", fragt Thomas. Er holt die Gläser und wir setzen uns aufs Sofa, zwischen uns eine unsichtbare Wand.

„Wie fühlt es sich an wieder zu Hause zu sein?"

Ich überlege. Wie soll ich ihm sagen, dass hier alles ungewohnt für mich ist? Ich fühle mich wie ein Besucher auf der Durchreise, was ich ja auch bin. Ich glaube zu wissen, was er hören möchte und suche unsicher nach geeigneten Worten.

„Ich muss erst noch richtig ankommen", meine ich schließlich. Jeder von uns nippt an seinem Glas, hält sich daran fest, als wäre es ein Rettungsanker. Eine peinliche Stille entsteht und ich wünsche mir fast, dass das Telefon läutet, damit eine andere Macht diese Stille durchbricht. „Müde sieht er aus", denke ich, dann beginne ich zu sprechen. Zunächst zaghaft, dann immer flüssiger. Ich spreche über meine Unsicherheiten und meine Zweifel. Erzähle von meiner Angst, die Familie zu verlieren, aber auch von meinen Fortschritten. Ich sage Thomas, dass ich noch viel aufzuarbeiten habe und bitte ihn weiter um Nachsicht. Ich rede davon, dass ich mir wie ein emotionaler Eisblock vorkomme, und von meinem schlechten Gewissen ihm und den Kindern gegenüber. Ich weiß, dass es fast unverschämt ist, wieder für einige Zeit wegzugehen, dass ich jedoch keine andere Möglichkeit sehe für eine längerfristige Besserung meines Zustandes.

„Ich verlange viel von euch aber ich muss die ganze Palette durchziehen, nicht nur für mich."

„Mach dir nicht so viele Gedanken", meint Thomas und ergreift meine Hand. Ich rücke auf ihn zu und schmiege mich an seinen Körper. So sitzen wir, bis jeder auf sein Zimmer geht, in sein eigenes Bett. Beide fühlen wir uns gut dabei. Thomas genießt die körperliche Nähe und ich freue mich, dass ich das Tempo bestimmen darf, ohne mich verpflichtet zu fühlen. Mehr ist nicht möglich und auch nicht nötig. Diese Erkrankung lehrt eine Bescheidenheit.

Die folgenden Tage konzentriere ich mich hauptsächlich auf die Kinder. Ich bringe sie zur Schule, koche ein kleines Mittagessen und verbringe die Nachmittage mit ihnen. Zwischendurch lege ich mich hin und ruhe mich aus. Ich kann die Zeit mit ihnen genießen und bin froh, dass sie mir die Abwesenheit der letzten Wochen nicht nachtragen. Kinder verzeihen vieles, im Gegensatz zu Erwachsenen. Sie geben mir das Gefühl, die beste und liebste Mama der Welt zu sein. Ich gehe nicht ans Telefon und rufe niemanden an, außer meine Mutter. Und das auch nur, weil ich damit ihre ständigen Anrufe unterbinden kann. Meine Mutter fragt nur kurz, wie es mir geht und verfällt dann in ihr altes Muster: Sie dreht den Spieß um und lenkt die Aufmerksamkeit auf sich.

„Du kannst dir nicht vorstellen, welche Sorgen ich mir gemacht habe. Ich konnte gar nichts mehr essen; wenn du mich sehen könntest, ganz dünn bin ich geworden. Warum hast du denn nie etwas gesagt?"

Ja warum nicht? Gerade deshalb, weil ich solche Szenen umgehen wollte. Meine Mutter besitzt die Fähigkeit, jede Situation für sich zu nutzen. Sie beherrscht es perfekt sich in den Mittelpunkt

des Geschehens zu stellen. Wenn ich Probleme mit Lehrern hatte, litt meine Mutter unter dem Verhalten der Tochter, konnte nicht schlafen und fragte sich, womit sie das verdient hätte. Der Grund für die Probleme interessierte sie nicht. Als das Verhältnis zu meinem Vater immer schlechter wurde, fragte die Mutter nicht woran das lag, stattdessen haderte sie mit ihrem Schicksal, das ihr dieses unmögliche Kind beschert hatte. Immer waren die Kinder der anderen besser. Mit der Zeit hatte ich einen Weg gefunden, meiner Mutter keinen Anlass mehr zur Selbstdarstellung zu geben. Ich erzählte ihr so wenig wie möglich. Dann beklagte sie sich über meine Geheimniskrämerei und meine Herzlosigkeit. Als ich mit Clara schwanger war, sagte ich ihr erst Bescheid, als die Schwangerschaft nicht mehr zu übersehen war. Sie war beleidigt, nicht als erste die Neuigkeit erfahren zu haben, um im gleichen Satz zu sagen, dass sie sich jetzt wieder Sorgen machen müsste, weil ich einem zweiten Kind nicht gewachsen wäre.

„Sagt mir bloß nicht wenn die Wehen einsetzen!", betonte sie immer wieder, „ich halte die Sorge nicht aus, wenn es länger dauert!"

Als Thomas nach der Geburt anrief und sagte, dass alles gut gegangen sei, beklagte sie sich wieder.

„Was habe ich nur falsch gemacht, dass die eigene Tochter mich so hintenanstellt?"

Jetzt sage ich nur, dass ich Ruhe bräuchte und ich mich wieder melden würde.

Ich denke über Dr. Paulys Empfehlung nach. Will ich wieder weg von zu Hause; kann ich meinen Kindern eine erneute Trennung zumuten? Andererseits bin ich im Moment nur begrenzt belastungsfähig, spüre, dass noch einiges in mir brodelt, dem ich noch nicht auf den Grund gegangen bin. Etwas das im Verborgenen vor sich hin schwelt, bereit zum Ausbruch. Ich habe Angst, dass ich in meine alten Muster verfalle, wenn der Alltag mir wieder mehr abverlangt. Das was jetzt ist, hat in Zukunft keinen Bestand, ist nur eine Übergangslösung zwischen zwei Stationen. Für eine längerfristige Lösung bedarf es mehr. Am Abend spreche ich mit Thomas über meine Ängste.

„Mach weiter", sagt er, „unterbrich den Prozess nicht! Und denke immer daran, wenn du den Kindern gegenüber einem schlechten Gewissen hast: Du tust es auch für sie!"

Am Wochenende suchen wir gemeinsam nach einer geeigneten Einrichtung und stoßen dabei auf ein Institut, das systemische Therapie anbietet. Am Montag rufe ich an und vereinbare einen Termin in vier Wochen.

Trugschluss

Thomas überrascht uns mit einem Kurztrip nach Sylt. Er weiß, wie sehr ich das Meer und die Weite liebe. Das Hotel liegt direkt am Strand. Ich höre das Meer rauschen und atme die salzige Luft. Wir gehen mit den Kindern an den Strand und sammeln Muscheln. Hier ist so viel Platz. Die Kinder rennen der Brandung davon – wer zuerst nass wird hat verloren. Ich beobachte die Möwen und genieße das unbeschwerte Lachen meiner Familie. Später gehen wir in eine Teestube. Die Kinder sind hungrig und verschlingen ihren Kuchen. Am nächsten Tag leiht Thomas für sich und die Kinder Fahrräder. Ich lege mich mit meinem Buch in einen Strandkorb. Ich habe schlecht geschlafen und merke, wie sich ein Druck in meinem Kopf ausbreitet. Die Buchstaben verschwimmen vor meinen Augen und ich gehe zurück ins Hotel. Vielleicht sollte ich noch ein wenig schlafen. Ich bin umtriebig und finde keine Ruhe. Vor meinen Augen flimmert es und mir ist schwindelig. Ich ertappe mich dabei, wie ich ein Bild an der Wand fixiere – ein Boot auf dem Meer, im Hintergrund ein Leuchtturm. Je mehr ich das Bild anstarre, desto mehr verändert es sich. Das Boot beginnt zu schaukeln und ändert seine Konturen. Ich lege mich ins Bett und ziehe mir die Decke über den Kopf. Als Thomas mit den Kindern zurückkommt, bringen sie den salzigen Geruch von draußen mit ins Zimmer. Die Kinder berichten aufgeregt von der Tour und haben Hunger. Wir wollen in die Pizzeria zum Abendessen. Nachdem Thomas geduscht und die Kinder gebadet hat, schleppe ich mich unter die Dusche. Ich fühle mich krank. Die Kacheln im Bad wölben sich nach innen.

Die Pizzeria ist sehr gemütlich. Dunkle Holzstühle und weiße Tischdecken. Es riecht nach gebackenem Brot, Gewürzen und Tomaten. Auf dem Tisch steht eine Vase mit Blumen. Sie wirken fast künstlich, so intensiv sind die Farben. Sie verströmen einen aufdringlichen Duft, der mir sofort in den Kopf steigt. Die Kellnerin bringt uns die Speisekarte und lächelt uns freundlich an. Sie hat riesige Zähne. Ihre Gesichtszüge sind grob. Als ich sie betrachte, verändert sich ihr Aussehen. Die Nase tritt immer mehr hervor und ihre Lippen sind feuerrot. Ich kann kaum etwas essen, höre entfernt die Kinder plappern und lachen. Thomas beobachtet mich. Sein Blick ist irritiert.

„Ich habe mir wohl den Magen verdorben", sage ich.

Die Gespräche an den Nachbartischen sind unangenehm laut, die Gesichter kommen mir viel zu nah; Augen in tiefen Höhlen, hervortretende Kinn- und Stirnpartien.

„Was ist los?", fragt Thomas als wir zurück im Hotel und die Kinder im Bett sind, „du hast so einen komischen Blick, geht es dir nicht gut?"

Ich höre was er sagt, kann nicht sprechen, weiß nicht was ich sagen soll, starre ihn nur an. Thomas ruft den Arzt. Ich habe einen Entzug. Ich hatte mein Medikament zuhause vergessen.

Thomas macht mir keine Vorwürfe, zumindest nicht mit Worten. In seinem Blick glaube ich Missbilligung zu erkennen. Ich ziehe mich zurück, bin mir meiner neuerlichen Unfähigkeit bewusst. Ich schäme mich und die Gewissheit, erneut fremdgesteuert zu sein, raubt mir meine Energie. Programmiert und gesteuert von Chemie. Die Entwarnung war nur vorgetäuscht. Ohne die Tabletten bin ich die gleiche wie vor dem Klinikaufenthalt. Zuhause sehne ich den ambulanten Termin bei Dr. Pauly herbei. Ich kann nicht ohne sie, fühle mich schwach und hilflos. Ich funktioniere tagsüber, bin froh, dass Thomas sich in seine Arbeit flüchtet. Die Abende verbringe ich in meinem Zimmer und grüble. Ich glaube, damit auch Thomas einen Gefallen zu tun.

Dr. Pauly empfängt mich herzlich. Sie merkt gleich, dass ich angespannt bin und wartet ab. Ich beginne zu weinen und erzähle ihr von Sylt und meinen Selbstzweifeln.

Wie immer betrachtet sie auch dieses Geschehen positiv.

„Ich glaube, das passiert Ihnen kein zweites Mal!" Neutral, faktisch, ohne Wertung. Jetzt sprudeln meine Gedanken. Ich rede und rede und mit jedem Satz spüre ich, wie ich Ballast abwerfe.

„Sind Sie mit allen Menschen so streng wie mit sich selbst?", fragt sie mich zum Schluss. Sie erhöht die Dosis. Wir vereinbaren engmaschige Termine.

Thomas

Ich weiß nicht, wie lange meine Kraft noch ausreicht. Ich merke, wie ich selbst an eine Grenze komme. Ich will nicht mehr, kann nicht mehr. Wohin mit meiner Wut und meiner Verzweiflung? Wer fragt mich, wie es mir geht? Ich will nicht ungerecht sein aber ich merke auch, dass ich mit meinem Latein am Ende bin. Ist es zu viel verlangt, dass sie sich um ihre Belange kümmert? Ich hasse diese Krankheit – sie erscheint mir wie ein überdimensionaler Gegner. Bin ich ungerecht? Sind meine Erwartungen zu hoch? Ich bin froh, wenn sie sich abends in ihr Zimmer verkriecht. Dann besteht nicht die Gefahr, dass ich ungehalten werde. Ich hasse diesen starren Blick und das was sie uns antut. Das Leben ist so ungerecht! Wäre es anders, wenn sie Krebs hätte? Wenn Rückschläge durch Metastasen kämen? Ich weiß es nicht. Wer hilft mir, ist für mich da? Ich rufe Dr. Pauly an und vereinbare einen Termin.

Ich sitze in der Ambulanz. Neben mir Menschen, deren Blicke mich an den meiner Frau erinnern.

„Weiß Ihre Frau, dass Sie hier sind?", fragt Dr. Pauly, „sie hat mich nicht von der Schweigepflicht entbunden, ich kann Ihnen also nur allgemeine Informationen geben!"

Nach dem Gespräch bin ich aufgewühlt. Dr. Pauly hat mir nahe gelegt auch an mich zu denken. Ich soll ein Helfernetzwerk aufbauen und für meinen Ausgleich sorgen – Sport, Treffen mit Freunden, alles was mir guttut.

„Es hat keinen Sinn, wenn Sie sich aufopfern, das ist der falsche Weg", hat sie gemeint. Dann entstünden zu viele negative Gefühle, wie Wut und Frustration. Sie hat mit mir über das Krankheitsbild gesprochen. Hat mir erklärt, dass die Emotionen und das Verhalten für den Betroffenen nicht steuerbar sind. Dass alltägliche Dinge eine ungeheure Kraftanstrengung bedeuten, dass sich manche Patienten während einer depressiven Episode als innerlich tot beschreiben.

„Machen Sie nicht Ihre Frau dafür verantwortlich, sondern versuchen Sie zu differenzieren: Wut auf die Situation, auf die Erkrankung, nicht auf die Person." Sie gibt mir die Adresse einer Therapeutin, die eine Selbsthilfe-Gruppe für Angehörige von psychisch Kranken leitet.

Schritt zurück

Ich falle wieder in ein Loch. Die Stimme ist wieder da. Sie befiehlt mir Dinge zu tun, die ich nicht tun will, schreit mich an, hält mir hämisch meine Unfähigkeit vor Augen. Zur Strafe darf ich nur das essen, was die anderen nicht wollen; den Apfel mit den faulen Stellen, das alte Brot, vom Käse nur den trockenen Anschnitt. Das gute Essen ist für meine Familie reserviert – sie funktioniert schließlich, hat es verdient. Ich muss die Kleidung faltenfrei bügeln. Wenn mir dies nicht gelingt, muss ich sie zusammenknuddeln und von vorne beginnen. So bügle ich manche Hemden vier – fünf Mal. Ich weine, wenn ich beim nächsten Versuch erneut Falten sehe, bin verzweifelt und weiß nicht, wie ich mein Pensum schaffen soll. Dann lacht die Stimme und verhöhnt mich. Ich will funktionieren, will mich meiner Familie als würdig erweisen.

Die Kinder sind übers Wochenende bei meinen Eltern. Thomas macht eine Radtour mit einem Freund. Ich bin froh, allein mit meinen Gedanken zu sein. Keiner da, vor dem ich mich rechtfertigen muss. Keiner da, der mich beobachtet. Ich muss meine Rituale nicht verstecken, muss sie nur ausführen, damit die Kinder wieder gesund zurückkommen und Thomas nicht stürzt. Von meinem guten Willen hängt ihr Wohlergehen ab. Ich will nicht schuld sein, etwas unterlassen zu haben, nur weil es mich anstrengt.

Die Stimme erinnert mich daran:

„Faules Stück! Ist es zu viel verlangt, das für Thomas und die Kinder zu tun?"

Grenzen

Ich stehe vor einer Mauer. Dicke Steine hindern mich daran, sie zu überwinden. Ich versuche, an den Nischen hochzuklettern, halte mich mit den Händen an vorspringenden Felsstücken fest. Meine Fingernägel brechen ab und ich verletze mir die Fingerkuppen an den spitzen Kanten. Blut läuft mir über die Hände und hinterlässt Rinnsale an den Steinen. Dann schaffe ich es mich hochzuziehen. Ich werfe einen Blick über die Kante. Da drüben ist es schön. Die Sonne scheint, Vögel zwitschern, ein klarer Gebirgsbach schlängelt sich durch saftige Wiesen. Ich spüre die Kraft in meinen Armen schwinden und falle zurück auf den Boden. Ich wende den Kopf und schaue zurück – Düsternis. Hier schlängelt sich eine morastige Brühe durch eine Moorlandschaft. Rechts und links davon befinden sich Sumpflöcher mit nicht wahrnehmbaren Grenzen. Die Wand verhindert ein Entkommen. Da sitze ich und schaue auf meine Umgebung. Was kann ich tun? Aus dieser Düsternis komme ich - entstanden aus einer sumpfigen braunen Masse. Mein Weg führt unweigerlich dahin zurück. Am Ende werde ich sein, was ich war. Erde zu Erde, Asche zu Asche, Staub zu Staub – Morast zu Morast!

Am Limit

Mein nächster Ambulanztermin. Dr. Pauly fixiert mich. Immer diese Fragen.

Sie will alles genau wissen.

„Wie ist die Stimmung? Wie ist der Schlaf? Was macht der Zwang, die Stimme?"

Ich bin es so leid darüber zu sprechen, sagen zu müssen, dass meine Stimmung gereizt und niedergeschlagen ist, dass der Zwang und die Stimme stärker ausgeprägt sind. Sie will wissen, ob die Stimme aus meinem Kopf kommt oder ich sie von außen höre, will wissen ob sie befehlend ist oder bedrohlich, was sie mir sagt und welche Macht sie über mich hat. Ich sage ihr, dass ich fremdgesteuert bin und machtlos. Ihr Blick ist besorgt. Wieder erhöht sie das Antidepressivum. Ihre Stimme ist ernst, als sie mir erklärt, dass wir jetzt bei der Maximaldosis angekommen sind.

„Außerdem möchte ich Ihnen vorschlagen, noch ein weiteres Medikament zu versuchen. Es soll die Stimme eindämmen!"

Sie will, dass ich zusätzlich Risperdal einnehme – ein Antipsychotikum. Ich bin nicht psychotisch, weigere mich, mir erneut einen Stempel aufdrücken zu lassen. Ich habe in der Klinik psychotische Menschen gesehen. Das bin ich nicht. Dr. Pauly gibt mir eine Musterpackung und stellt mir frei, ob ich es einnehme. Wir vereinbaren einen neuen Termin in zwei Wochen.

Alles auf Anfang

Das Venlafaxin nehme ich jetzt hochdosiert ein – mein einziges Zugeständnis. Ich habe mittlerweile ein ganz gutes Gespür dafür entwickelt, akzeptiere diese Art der Unterstützung. Ich weiß, dass mein Hirnstoffwechsel nicht ausreichend funktioniert und dass ich das Medikament brauche, wie ein Diabetiker sein Insulin. Diese Akzeptanz fehlt mir beim Risperdal. Es bleibt in meiner Handtasche. Ich werde mich nicht noch zusätzlich beeinflussen lassen. Mein Kopf gehört mir, genau wie meine Gedanken. In der zweiten Woche nach meinem letzten Termin wird meine Stimmung etwas heller und ich habe wieder mehr Energie. Mein Schlaf wird besser und die Träume sind nicht mehr so bedrohlich. Auch die Stimme zieht sich zurück, hat nicht mehr so viel Macht über mich. Thomas ist auf der Hut, will nichts provozieren. Er geht regelmäßig Schwimmen, ist mir gegenüber höflich und rücksichtsvoll. Harmonie geht anders. Die Kinder nehmen die Situation wie sie ist, sie haben schon Schlimmeres durchgemacht. Ich glaube sie haben sich ganz gut arrangiert oder sie haben sich an mein komisches Verhalten gewöhnt. Ich weine, wenn sie im Bett liegen, habe ein schlechtes Gewissen, weil sie es besser verdient hätten. Ich weine, wenn sie mich herzen, weil ich ihnen mehr geben möchte, als ich zu geben in der Lage bin. Meine Emotionen fahren Achterbahn, wechseln zwischen Traurigkeit, Wut, Verzweiflung, schlechtem Gewissen und Scham. Wie lange soll das noch so weiter gehen? Die systemische Therapie habe ich auf Anraten von Dr. Pauly abgesagt. Zu instabil sei mein psychischer Zustand. Wir müssen erst wieder eine Basis schaffen, die den Anforderungen der Interventionen standhält. Im Moment sei ich nicht belastungsfähig und eine, wie sie sagt, aufdeckende Therapie wäre bei meiner Gefühlslage kontraproduktiv. Schließlich würde ich mit verdrängten und emotionalen Geschehnissen aus meiner Vergangenheit konfrontiert werden. Also zurück auf `Start´.

Thomas

Es tut mir gut, meine Bedürfnisse wieder in den Vordergrund zu rücken. Sport ist für mich wie ein Ventil, wenn ich wütend bin, und macht meinen Kopf frei. Martin und ich haben ein Tennis-Abo gebucht und gehen danach noch kurz etwas trinken. Sein Humor gibt mir Kraft und lenkt ab von der Situation zu Hause. Mit ihm kann ich lachen und über Gott und die Welt reden. Er ist seit Jahren ein verlässlicher Freund. Ich habe mit der Leiterin der Selbsthilfe-Gruppe telefoniert. Sie hat mich zum nächsten Treffen eingeladen. Das Gespräch war angenehm – ich habe mich verstanden gefühlt. Ich weiß noch nicht, ob ich hingehen werde.

Kleine Schritte

Die Gespräche bei Dr. Pauly sind fester Bestandteil meines Terminkalenders. Sie sind mein Rettungsanker in meinem fragilen Gefühlsgebilde. Wir tasten uns langsam weiter vor in meiner Gedankenwelt, die mich so aufwühlt. Wir durchbrechen Denkmuster, die mich lähmen und wir versuchen diese umzulenken. Dr. Pauly ist empathisch und streng, fängt mich auf, wenn ich drohe abzudriften und appelliert an meine Eigenverantwortung. Sie lehrt mich, meine Selbst von einer anderen Seite wahrzunehmen und meine Grenzen zu erkennen. Danach bin ich jedes Mal wie gerädert. Ich brauche die Zeit zwischen den Terminen, um dies alles zu verarbeiten. So öffnet sich langsam mein Tunnelblick. Ich nehme wieder mehr von da draußen wahr, verliere den Problemfocus, sehe weiße Flecken zwischen all dem Schwarz. Mir kommt ein Spruch in den Sinn, der diesen Zustand treffend formuliert:

´Der eine sieht nur Bäume dicht an dicht,

die anderen Zwischenräume und das Licht! ´

Ich habe Nebenwirkungen von der hohen Venlafaxin-Dosis. Meine Haut ist trocken und ich habe Ameisenkribbeln. Ich bekomme Flashs mit Schweißausbrüchen und rotem Gesicht. Und ich habe unsäglichen Durst, trinke manchmal sechs Liter Wasser am Tag. Dr. Pauly reduziert die Dosis und die Nebenwirkungen lassen nach.

Thomas

Ich war bei dem Treffen. Es hat mir gutgetan. Ich bin nicht allein mit meiner Situation und habe Menschen getroffen, die wissen wovon ich spreche. Ihnen konnte ich meine Wut schildern, sie haben mich verstanden und mir Tipps gegeben. Sie haben mir gesagt, dass ich auch an mich denken soll, dass ich meine Frau nicht in Watte packen muss. Dass ich meine eigene Position finden solle und auch nicht immer verständnisvoll sein müsse. Ich habe erfahren, dass ich auch meiner Frau gegenüber kritisch sein darf, dass die Krankheit nur ein Teil von ihr ist. Wir haben viel über gelingende Kommunikation mit psychisch Kranken gesprochen. Wir standen im Mittelpunkt, nicht die Krankheit.

Veränderungen

Thomas verändert sich. Er geht auf Distanz. Das ist schön. Mein schlechtes Gewissen ihm gegenüber verliert dadurch an Größe. Ich will, dass er sein Ding macht. Ich will, dass er mir nicht diese sehnsüchtigen Blicke zuwirft und ich will, dass er akzeptiert, was im Moment nicht zu ändern ist. Er soll Freude empfinden, die ich ihm nicht schenken kann und er soll für sich und sein Wohl sorgen. Ich will, dass er einen gesunden Egoismus an den Tag legt. Mir helfen kann er nur bedingt. Dafür brauche ich andere. Und so gibt er mir den Raum, denn ich brauche, um meinen Entschluss in die Tat umzusetzen. Ich bin bereit für eine weitere Therapie.

2. Teil

„Insprinc haptbandun"

(„Entspringe deinen Fesseln", Merseburger Zauberspruch)

Das Institut liegt in völliger Einöde. Ein alter Gutshof, umgeben von einer Mauer. Hinter dem Hof ein verwilderter Garten, Hühner, Enten, Katzen in harmonischer Eintracht. Im Baum vor dem Haus klimpert ein Windspiel „Oh Gott", denke ich, „alles bloß kein esoterischer Schnickschnack."

Thomas bringt meinen Koffer zur Anmeldung und verabschiedet sich. Es gibt nicht mehr viel zu sagen. Das, was zu besprechen war, wurde in den letzten Wochen besprochen. Mehr würden weitere Worte auch nicht ändern. Im Wintergarten warten schon einige Patienten, weitere trudeln ein. Es herrscht eine gespannte Atmosphäre. Wieder einmal scanne ich die Lage, bin zurückhaltend, abwartend - auf der Hut. Für mich ist die Stille nicht peinlich. Ich nutzte sie, um meine Sinne zu schärfen, betrachte das Szenario aus meiner inneren Distanz. Wir werden von den beiden Therapeuten begrüßt. Beide über sechzig.

„Alte Hasen", denke ich. Die Frau, Theresa, sehr resolut, klein und korpulent, übernimmt die Führung. Paul, der Mann ist eher drahtig, wirkt vergeistigt. Mir fallen seine wachen Augen auf, und ich bin der festen Überzeugung, dass ihnen nichts entgeht. Dann kommt die übliche Begrüßungsrunde.

„Ich heiße Johanna, war vor kurzem in der Psychiatrie, bin wieder einigermaßen stabil und will meinen Problemen auf den Grund gehen", fasse ich mich kurz. Ich will so schnell wie möglich diesem Geplänkel entkommen. Vertane Zeit!

Nachdem wir ausführlich über den Ablauf unterrichtet wurden, werden wir in Arbeitsgruppen eingeteilt. Vier Dreier-Gruppen. Meine Partner sind Sascha und Anne. Beide in meinem Alter. Sascha mag ich auf Anhieb, Anne nicht.

Ich habe ein Einzelzimmer – zum Glück. Bis zum Abendessen erkunde ich die Umgebung. Die Ödnis wirkt nur auf den ersten Blick unwirtlich. Um mich sind Wiesen und Felder. Ein Bach plätschert zwischen Bäumen. Die Gegend erinnert mich an mein früheres Zuhause. Ländlich und scheinbar friedlich. Beim Abendessen beobachte ich die anderen Teilnehmer. Ich ertappe mich dabei, wie ich sie in Kategorien einteile. Da sind die Übereifrigen, die Überangepassten, die Esoterischen, die Egozentrischen und die Interessanten. Mich interessieren nur die Egozentrischen und die Interessanten. Die restlichen sind Beiwerk. Das oberflächliche Geplänkel langweilt mich. Ich gehe früh zu Bett und lese.

Unsere erste Aufgabe besteht darin, sich Gedanken über den Umgang mit Gefühlen in unseren Ursprungsfamilien zu machen.

„Dieses leidige Thema", denke ich. Meine Gefühle zuzulassen, habe ich erst bei Thomas gelernt. Und auch da nur ganz langsam. Gefühle zu zeigen bedeutet dem Gegner Angriffsfläche zu bieten, einem Menschen zu vertrauen.

Thomas war der erste Mann in meinem Leben, dem ich vertrauen konnte. Den Männern davor bot ich meinen Körper als Ersatzleistung. Die meisten waren damit zufrieden, die, die mehr wollten resignierten mit der Zeit. Ich kann mich nicht erinnern, mit einem meiner früheren Freunde in der Öffentlichkeit Zärtlichkeiten ausgetauscht zu haben. Ich hatte meine Gefühle im Griff oder unterdrückte sie, weil ich der Meinung war, nur so sicher vor Enttäuschung zu sein. Ich hatte kein Anrecht darauf. Mein erster Freund verzweifelte daran. Ich war 17, er 25. Ich genoss seine Aufmerksamkeit und ich wollte mit ihm zusammen sein. Ich litt, wenn er nicht da war, konnte ihm aber nie sagen, dass ich ihn vermisste. Sex war nur ein Akt, ohne Licht, ohne Worte. Die größte Anstrengung für mich dabei war, nicht die Kontrolle zu verlieren, dass der Kopf die Macht über den Körper behielt. So wie ich es schon immer gehalten hatte. Natürlich hielt die Beziehung dem nicht stand. Er betrog mich, holte sich bei anderen die Nähe, die er brauchte. Ich wusste das, und so hatte sich meine Überzeugung wieder einmal bestätigt. Sieben Jahre on-off- Beziehung. Ich konnte nicht mit ihm, aber auch nicht ohne ihn. Dazwischen gab es andere. Nichts war von Dauer. Ich brauchte Bestätigung, wollte keinen Mann fürs Leben.

Als ich meine erste Stelle antrat, zeigte mein damaliger Chef sehr schnell Interesse an mir. Ich wusste, dass er verlobt war, und dass er nur seine Eitelkeit befriedigen wollte. Aber auch ich brauchte die Bestätigung, dass mich ein für mich unerreichbarer Mann begehrenswert fand. Unsere Beweggründe hätten unterschiedlicher nicht sein können, trotzdem ließ ich mich auf das Spiel ein. Unter der Woche kam er zu mir, am Wochenende ging er zu seiner Verlobten. Ich stellte keine Forderungen, war der Meinung kein Recht darauf zu haben. Als er die Abteilung verließ, wollte er sich mit mir aussprechen, und als ich ihm sagte, ich sähe darin keine Notwendigkeit, bestätigte sich erneut meine Überzeugung.

„Du hast mich damals verrückt gemacht, mit deiner Arroganz", sagte er zum Abschied, „und da habe ich mir geschworen, dir das Genick zu brechen. Fast hätte ich es geschafft!" Ich lächelte

„Aber eben nur fast", sagte ich und ließ ihn gehen, ohne mich nach ihm umzudrehen.

Die anderen Teilnehmer schreiben eifrig über den Umgang mit Gefühlen in ihren Familien. Auf meinem Blatt steht nur ein Satz: „In meiner Familie war dafür kein Platz."

Das greift die Therapeutin im Gruppengespräch auf. Ich soll über den Umgang mit Gefühlen in meiner Familie berichten.

„Dazu gibt es nicht viel zu sagen. Sentimentalität bedeutete Schwäche und Wut wurde mit Schlägen erwidert. Den Rest an Gefühlen hatte meine Mutter für sich gepachtet. Und das hatte ihr niemand streitig zu machen."

Damals

Es gab keine Privatsphäre als ich im Teenager-Alter war. Wenn ich am Wochenende morgens nicht Punkt Viertel nach sieben aus dem Bett kam, wurde meine Zimmertüre aufgerissen.

„Aufstehen!"- Appell wie beim Militär.

Wenn ich wieder eingeschlafen war, kam die nächste Aufforderung, diesmal energischer. Beim dritten Mal kam der Vater polternd und schimpfend ins Zimmer, zog meine Bettdecke weg und drohte damit nachzuhelfen. Ich fühlte mich missachtet, verdeckte mit dem Nachthemd meine Nacktheit. Die Schlüssel der Zimmer waren abgenommen. Im Haus meiner Eltern gab es keine Geheimnisse. Meine Mutter kontrollierte die Schränke in unregelmäßigen Abständen, und wenn die Kleider nicht kantig in den Regalen lagen, warf sie alles auf den Fußboden. Wenn ich von der Schule nach Hause kam, musste ich unter Beschimpfungen das Chaos aufräumen. Widerworte wurden nicht geduldet. Respekt und Gehorsam waren oberstes Gebot. Die kleinen Geheimnisse, wie mein Tagebuch und meine Gedichte, die ich hinter den Kleidern versteckt hatte, waren nicht mehr sicher. Nie wusste ich, ob meine Mutter darin gelesen hatte. Damals entwickelte sich mein Gefühl, kein eigenständiger Mensch zu sein. Manipuliert und kontrolliert zu werden. Es stand im krassen Gegensatz zu meinem Wunsch nach Freiheit. Einmal, ich war ungefähr fünfzehn, hatte mich mein Vater wieder in rasender Wut geschlagen. Ich lag am Boden und er trat gegen meine Rippen und den Rücken auf mich ein. Mir blieb die Luft weg, ein stechender Schmerz durchzog meinen Brustkorb und ich rang nach Atem. Das hatte ihn nur noch mehr gereizt. „Auch noch Theater spielen", hatte er gebrüllt und noch härter zugeschlagen - dafür, dass ich ihn „verarschen" wollte. Nein, Sensibilität hatte in meiner Familie nichts zu suchen gehabt.

Hofalltag

Ich lerne die einzelnen Teilnehmer besser kennen. Ihre Geschichten sind so unterschiedlich und voll mit Schmerz. Viele sind interessant. Connie, Tochter einer drogenabhängigen Mutter, Lisa, missbraucht vom Stiefvater, Carlo, aufgewachsen bei verschiedenen Pflegefamilien und im Heim. In der großen Runde lausche ich ihren Berichten. Theresa und Paul müssen schon oft Ähnliches gehört haben, sie sind empathisch aber nicht erschrocken. Verstricken sich nicht in Gefühlsduselei und halten die Fäden fest in der Hand, wenn einer der Teilnehmer abschweift. Ihr Konzept ist klar, ihre Anweisungen präzise. Mir kommt das sehr entgegen. Sascha ist ein Segen für meine Kleingruppe. Er ist geerdet und besänftigt mich, wenn er merkt, dass ich mich über Anne aufrege. Anne neigt dazu, sich in Details zu verrennen, und alles was sie tut in Frage zu stellen. Dann ist Saschas Geduld gefragt, und ich kann mich in Toleranz üben und darin, Aussagen nicht persönlich zu nehmen.

Unsere nächste Aufgabe ist, sich in der Kleingruppe Gedanken über die Werte unserer Familien zu machen. Heute wird mein Blatt vollgeschrieben: Ordentlichkeit, Gehorsam, Fleiß, Zuverlässigkeit, Dankbarkeit, Bescheidenheit, Ehrlichkeit, Verantwortungsbewusstsein.......

Ich habe in vielem den starren Vorstellungen meiner Eltern nicht entsprochen. Ich war nicht gehorsam, weil ich den Sinn ihrer Anweisungen hinterfragte. Ich war auch nicht fleißig, hing nur immer über meinen Büchern. Bescheidenheit war mir fremd. Laut meinen Eltern glaubte ich stets, „etwas Besseres" zu sein, indem ich mir Freundinnen suchte, deren Eltern bessergestellt waren, indem ich mich für Reisen interessierte, und meine Zukunft nicht in der Abgeschiedenheit der bayerischen Provinz sah. Auch Dankbarkeit war nicht meine Stärke.

„Du sollst deine Eltern ehren", hatte meine Mutter immer wieder das vierte Gebot zitiert.

„Ehren wofür?", hatte ich gefragt, „dafür, dass ihr mich in diese Welt gesetzt habt, ohne dass ich es wollte! Oder für die Prügel, die ich ständig bekomme!?"

Meine Vorstellungen und die meiner Eltern hatten keine gemeinsame Basis.

Auf dem Hof gibt es kein Mobilfunknetz. Vor dem Abendessen mache ich einen Spaziergang und telefoniere mit Thomas. Zuhause läuft alles gut - ich solle mir keine Sorgen machen. Ich berichte ihm von meiner anfänglichen Skepsis und den Zweifeln. Mittlerweile habe ich aber verstanden worum es hier geht, und mein Widerstand lässt allmählich nach. Es tut mir gut seine

Stimme zu hören, und mir seiner Liebe sicher zu sein. Nach dieser Gefühls- und Wertethematik der letzten Tage und den Beiträgen der anderen Teilnehmer wird mir klar, was ich an Thomas habe. Ich sehne mich nach ihm. Das erste Mal seit Monaten wünschte ich, ich wäre bei ihm. Als ich ihm sage, was in mir vorgeht, glaube ich ihn lächeln zu sehen, dort am Telefon in unserem Haus. Er hat nicht die Wertevorstellungen, die ich von früher kenne. Bei ihm muss ich nicht gehorsam sein und angepasst, auch nicht fleißig und dankbar. Er liebt die Johanna, die ich bin, auch wenn sie manchmal nicht so funktioniert wie sie sollte. Ganz tief in mir spüre ich das intensive Gefühl für diesen Mann und weil ich weiß, dass mich Thomas niemals verraten würde, spreche ich es aus. „Ach Johanna, ich dich auch, ganz doll.", höre ich seine warme Stimme sagen. Ich gehe schlafen und denke an Thomas, den ich in diesem Moment vermisse.

Diener zweier Herren

Ich will mit dir zusammen sein

aber auch allein

ich will dich verstehen

und von dir verstanden werden

Ich sehne mich nach Nähe

und kann dich nicht ertragen

Du gibst mir Halt, und du engst mich ein

Ich brauche deinen Rat

und fühle mich bevormundet

Wir als Paar sind absolut genial - und uns gefährlich zugleich

Hochzeit

Ich lernte Thomas in einer Bar kennen. Das erste was ich von ihm sah waren seine Hände, die sein Glas umfassten. Lange Pianisten-Hände dachte ich, filigran und wunderschön. Meine Freundin kannte ihn von früher und stellte uns einander vor. Ich sah ihn und wusste, das ist der Mann, den ich heiraten werde.

Es war ein heißer Tag im Juli. Die Kirchenglocken läuteten und wir schritten den Gang zum Altar entlang. Die ganze Zeit während der Trauung hatte ich Angst, dass das Abführmittel, das ich am Tag zuvor eingenommen hatte, wirken könnte. Meine Gedanken waren bei meinem geblähten Bauch und meinem knallengen Kleid. Dieses eine Mal hoffte ich inständig, dass mein Körper den Gehorsam verweigern würde. Nach der Zeremonie lachte ich erleichtert, weniger aus Glückseligkeit, eher vor Erleichterung. Ich hatte noch nie von einer Braut gehört, die während der Trauung die Toilette aufsuchen musste, und ich wollte nicht diese Braut sein. Am Ausgang nahmen wir die Glückwünsche entgegen.

„So habe ich mir dein Kleid nicht vorgestellt!" Meine Mutter musterte mich abschätzig. Wieder einmal hatte ich die Regeln missachtet. Ich trug weder einen Schleier noch einen Reifrock. Mein Kleid war kurz. Das Hochzeitsauto war ein 2CV. Mit offenem Dach und rockiger Musik fuhren Thomas und ich in den Hafen der Ehe.

Wir hatten unsere Hochzeit nach unseren Vorstellungen geplant. Nur die Eltern, Großeltern und Geschwister der Familien waren eingeladen. Es sollte eine „junge" Hochzeit sein. Die Mehrzahl der Gäste waren Freunde. Auch auf den obligatorischen Alleinunterhalter hatten wir verzichtet. Belohnt wurden wir dafür mit allerhand Sketchen und lustigen Anekdoten.

Nach der Kirche gab es Kaffee und Kuchen und danach versammelten wir uns alle im Garten des Restaurants.

„Deine zwei Schwägerinnen sind wahre Schönheiten", sagte meine Mutter zu mir.

Ich sah sie irritiert an und erwiderte nur:

"Wenn du meinst!" Was sollte ich auch anderes sagen!? Es war klar, dass die anderen schöner waren als ich, Braut hin oder her. Hätte sie damit nicht hinter dem Berg halten können? Warum machte sie das? Ich hatte keine Lust auf solche Bemerkungen einzugehen und widmete mich meinen anderen Gästen. Sie saß auf ihrem Stuhl und trug den für sie typischen „das-Leiden-der-Welt-auf-meinen-Schultern" Ausdruck zur Schau. Keiner ging darauf ein und so tuschelte sie schließlich mit meinem Vater, kam auf mich zu und verabschiedete sich bis zum Abend.

„Ich fühle mich nicht wohl. Wir gehen erst mal nach Hause. Ich muss das alles erst einmal verdauen. Wann gibt es Essen?"

Sie schaffte es doch immer wieder mich zu überraschen. Das hätte ich ihr nicht zugetraut. Aber ich wusste ja aus Erfahrung, dass sie ihre eigenen Spielregeln hatte.

„Ich dachte eigentlich du kümmerst dich ein bisschen um die Großeltern!", versuchte ich halbherzig einzulenken, wobei sich meine Großeltern auch ohne Betreuung bestens amüsierten.

Und so fuhr sie mein Vater, weil sie selbst nicht in der Verfassung war, 50 Kilometer nach Hause, dort ruhte sie sich aus, um dann, als es Zeit fürs Abendessen war, wieder 50 Kilometer zurückzufahren. Ich kannte dieses Verhalten bereits von anderen Feiern. Ihre Art im Gespräch zu bleiben.

Auch während des Essens machte sie eine Miene wie drei Tage Regenwetter. Ich hütete mich davor, sie darauf anzusprechen. Mir blieb nur, sie zu ignorieren. Bestens gelaunt feierte ich mit der *restlichen Hochzeitsgesellschaft bis in die Morgenstunden. Das machte sie mir einige Tage später zum Vorwurf:*

„Ich weiß ja, dass wir nicht in diese Kreise passen, aber dass du uns so ganz links liegen lässt, das hätten wir nicht von dir erwartet!"

Erneut war klar, dass wir uns auf unterschiedlichen Planeten bewegten.

Sitting Bull

Abends nach der Therapie sitzen wir gemeinsam beim Essen, danach bei einem Glas Wein. Ich sitze oft im Hof und lausche dem Glockenspiel im Kirschbaum vor dem Haus. Wundere mich, welch positive Wirkung dieses „esoterische Gedudel" auf mich hat. Ich lasse meine Gedanken schweifen, nehme die umherschleichende Katze auf den Schoß und streichle das weiche Fell. Ich fühle mich frei in dieser Abgeschiedenheit, aber auch geborgen. Wie ein schützender Wall umgibt die Mauer das Anwesen. Es ist Herbst, fast Winter. Erste Schneeflocken fallen vom Himmel und es ist bitterkalt. Der eisige Wind, der mir ins Gesicht bläst, gibt mir das Gefühl am Leben zu sein. Er ist kalt wie ein Messer, ohne zu verletzen. Ich denke nach über die Themen des Tages und die Geschichten der anderen. Seltsam, wie unterschiedlich die Lebenswege doch sind und wie viel bei jedem Einzelnen hinter der Fassade steckt. Theresa hat gesagt, dass es ab morgen an die Familien-Arbeit gehen wird; Zusammenhänge in der Familiengeschichte, bis hin zu den Großeltern.

Ich hatte wunderbare Großeltern. Die Mutter meines Vaters war ein Fels in der Brandung, wir waren uns sehr nah, ich und meine

Oma Elsa. Noch heute sehe ich, wie sie in ihrem abgewetzten Sessel vor dem Fenster Platz nimmt, den sie mit ihrem Körper voll ausfüllte. Ihr rundes Gesicht, mit den dünnen Haaren, wie ein alter weiser Indianer. 'Sitting Bull', denke ich. Stoisch saß sie da und las mir, während ich auf ihren dicken Schenkeln saß, aus einem Buch vor oder erzählte Geschichten von früher. Dass fast alle ihre Brüder gefallen waren, ihre Schwestern, sehr früh auf sich selbst gestellt, zu Bauern in Stellung kamen. Wie sie sich gemeldet hatte, als in der Stadt eine junge Frau gesucht wurde, die eine Ausbildung zur Gemeindeschwester machen sollte. Von ihrer Ausbildung im Krankenhaus in München, weit weg von zu Hause. Von ihrer Arbeit in der Gemeinde, die sie bis ins hohe Alter ausfüllte. Sie erzählte auch von ihren Schwestern, die ihr Leben selbst in die Hand genommen hatten, obwohl die Voraussetzungen nicht optimal waren. Von deren Ehrgeiz und Biss. Eine hatte nach dem Krieg mit ihrem Mann aus dem Nichts einen Handwerksbetrieb aufgebaut. Die andere war nach München gezogen, hatte sich ihrer Leidenschaft, den Büchern gewidmet, nachdem ihre Ehe kinderlos geblieben war. Jede Geschichte ihrer fünf Schwestern war interessant, und ich wurde nicht müde davon zu hören. Elsa hatte das Leben genommen wie es war, ohne zu überlegen was besser hätte sein können. Keinen Anspruch auf Luxus, ohne Sinn für Ästhetik, reduziert auf das Nötigste. Sie hatte sehr spät geheiratet, eine arrangierte Ehe mit einem viel älteren Mann. Einem, der „übriggeblieben war", nach dem Ersten Weltkrieg, und, bis auf einen leichten Hörschaden, relativ unversehrt. Das war ganz praktisch; er redete nicht viel und Elsa musste nicht viel sagen. Das Arrangement hielt bis zu dessen Tod und brachte vier Kinder hervor. Drei Töchter, einen Sohn. Wenn ich meine Großmutter fragte, warum sie den Großvater geheiratet hatte, erklärte sie mir, dass es für die damalige Zeit das Vernünftigste war.

„Dein Opa hatte ein Haus und den Hof und ich konnte hart arbeiten. Wir hatten es gut miteinander."

Nach drei Mädchen kam mein Vater als Nachzügler zur Welt. Elsa war fast vierzig, der Großvater Mitte fünfzig. Auch in dieser Generation waren wieder die Frauen das starke Geschlecht. Die Töchter intelligent und wissbegierig, der kleine Heinrich in ihrem Schatten stehend. Er war nicht so unproblematisch wie seine Schwestern und auch kein guter Schüler. Sein Vater war zwar anwesend, aufgrund seiner Gebrechen und seines Alters jedoch nie für ihn da. Und so wuchs er auf, unter der Herrschaft dieser geballten Energie von Frauen, denen er nie das Wasser reichen konnte. Durch meine Liebe zu Elsa und unsere enge Bindung zueinander, hatte ich mich für die beherrschende Frauenfront in seinem Leben entschieden. Und somit automatisch gegen ihn. Er, der dieser intelligenten, rhetorisch geschickten Überzahl nie gewachsen war, kämpfte mit den Mitteln, die ihm zur Verfügung standen. Verachtung, Ignoranz oder körperliche Gewalt. Nie hatte ich erlebt, dass er mehr als das Allernötigste mit seinen Schwestern oder seiner Mutter gesprochen hatte. Mit meiner Entscheidung stand auch ich auf der gegnerischen Seite, und Heinrich in ständiger Mobilmachung, sich dieser geballten Macht entgegenzustellen.

Auch an die Eltern meiner Mutter denke ich gerne zurück. Die Oma war eine begnadete Köchin. Sie kam aus Ungarn, in ihrer Küche roch es immer nach Zwiebeln und Paprika. Der Großvater hatte eine Eselsgeduld und konnte herrliche Geschichten erzählen. In Gedanken versunken pfeife ich ein altes Volkslied, genauso wie früher mit dem Opa. Ich sitze im Hof, lausche dem Glockenspiel und streichele dabei das seidige Fell der Katze.

Wurzeln

Im Kamin brennt Feuer. Es knistert und der Raum ist überheizt. Wir öffnen die Türen, damit die Wärme auch in die anderen Räume ziehen kann. Der Wind bläst ums Haus und die Hügel um den Hof sind mit einer dünnen Schneeschicht überzogen. Wir tragen alle dicken Socken. Das Gebälk ächzt. Die Umgebung passt zu unserer heutigen Aufgabe, die in der Vergangenheit angesiedelt ist und könnte nicht stimmiger sein. Nach der Morgenbesprechung sollen die Dreier-Gruppen ihren Stammbaum erstellen.

„Möglichst detailliert", meint Theresa, „das mache die Arbeit danach leichter."

Die Gruppen verteilen sich im Haus und machen sich an die Arbeit. Anne arbeitet hochkonzentriert mit Hilfe der Notizen, die sie von zu Hause mitgebracht hat. Die Linien in ihrem Familienbaum zieht sie mit Lineal, ist aufgelöst, wenn ihr eine Kleinigkeit entfallen ist. Ich arbeite ganz anders. Ich kann alle für mich wichtigen Informationen und Daten auswendig und improvisiere bei unwichtigen Details. Die Arbeit dauert den ganzen restlichen Tag. Bevor wir uns zurückziehen, erinnert uns Theresa daran, für den nächsten Tag konkrete Fragen zu unseren Familien zu formulieren.

Ich schlafe unruhig, spüre eine Enge auf der Brust, die ich mir nicht erklären kann. Ich stehe auf und trinke ein Glas Wasser, schaue dabei aus dem Fenster. Draußen ist Vollmond und es schneit wieder leicht. Mein Stammbaum geht mir durch den Kopf. Ich weigere mich, Teil dieser Verstrickungen zu sein, will mich freimachen. Egal wie sehr ich mich dagegen wehre - es sind meine Wurzeln, ohne die ich nicht existieren würde. Die Wurzeln, denen ich nicht entkommen kann. Auch wenn sie nicht sichtbar sind, bin ich doch für immer mit ihnen verbunden. Die Erkenntnis macht mir Angst. Diese Verbundenheit wollte ich mir nie eingestehen, sie war mir immer eine Last. Theresa sagt, dass man die eigene Geschichte kennen sollte, um frei zu sein. Sie annehmen und Frieden schließen. Kann ich das? Will ich das überhaupt? Oder bin ich nur zu feige und möchte wieder einmal davonrennen? Warum bin ich überhaupt hier? Wäre es nicht besser nach vorne zu schauen, sich auf die Zukunft zu konzentrieren, als ständig im Vergangenen zu wühlen? Ich friere; nicht nur wegen der Kälte im Zimmer.

Nach dem Frühstück haben die Dreiergruppen ihre Vorbesprechungen im kleinen Kreis mit den Therapeuten. Schwerpunkte in den einzelnen Familienstrukturen werden herausgearbeitet und konkrete Fragen werden formuliert. In diesen Vorgesprächen werden die Teilnehmer aufs „Plenum" vorbereitet, wo die eigentliche Thematik bearbeitet werden soll. Anne wirkt wie ein aufgescheuchtes Huhn. Sascha und ich lassen ihr den Vortritt - auch um zu sehen, was auf uns zukommt. Ich werde ungeduldig, weil Anne immer wieder abschweift, und nicht in der Lage ist, klar zu formulieren. Ihre Aussagen sind schwammig, und sie wirkt wie ein kleines unbeholfenes Kind. Dabei können ihr weder ihre Notizen noch das Lineal helfen. Sascha ist sehr gut vorbereitet, antwortet gezielt auf Fragen und äußert konkret seine Wünsche. Auch ich erkläre mein Familiensystem zusammenhängend und als Paul nach meinen Wünschen fragt, erwidere ich:

„Ich will frei sein, von dem Druck und dem schlechten Gewissen, das auf mir lastet."

„Seit wann hast du denn diese Gefühle?", fragt Theresa.

Ich weiß es nicht. Ich weiß nur, dass es nichts ohne Gegenleistung gibt und wenn ich nicht in der Lage bin, diese Gegenleistung in einem bestimmten Umfang zu erbringen, kommt das schlechte Gewissen und dann kommt die Stimme. So war es auch vor dem Aufenthalt in der Psychiatrie. Ich hatte einen großartigen Mann, wunderbare Kinder, keine finanziellen Sorgen, ein schönes Haus. Was tat ich dafür? Nichts. Im Gegenteil, ich wurde krank und zu einer Last für Thomas und die Kinder. Ich hätte Unterstützung gebraucht, konnte sie aber nicht einfordern, sah keine Möglichkeit einer angemessenen Wiedergutmachung für das Geforderte. Ich fühlte mich unfähig und hätte eine Sollschuld auf mich geladen. Also verzichtete ich auf Hilfe oder verweigerte sie.

„Du kannst immer nur fordern", höre ich meine Mutter sagen, „bist egoistisch, ohne etwas dafür zu tun."

Meine Einsätze waren nichts wert, waren selbstverständlich. Selbstverständlich lernte ich mit meinen Brüdern, ging mit ihnen zum Arzt, versorgte sie, wenn sie krank waren. Selbstverständlich übernahm ich den Haushalt in den Ferien, wenn meine Mutter arbeiten ging. Selbstverständlich war ich eine gute und ehrgeizige Schülerin. Nicht selbstverständlich waren meine Wünsche. Als ich nach dem Abitur studieren wollte, war die entsetzte Reaktion.

„Wie lange sollen wir dich denn noch durchfüttern?" Als ich meinen Eltern sagte, dass ich Thomas heiraten würde, hieß es:

„Glaubst du tatsächlich, dass das gut geht? Den Vorstellungen eines solchen Mannes kannst du nie standhalten."

Früh hatte ich aufgehört die Eltern in meine Entscheidungen mit einzubeziehen, stellte sie stattdessen vor vollendete Tatsachen. Jetzt war ich undankbar und hochnäsig. Eine Tochter, für die man so viel geopfert hatte, sollte doch wenigstens etwas Dankbarkeit und Anerkennung zeigen, indem sie die Eltern um Erlaubnis bat.

„Und das, obwohl ich bei deiner Geburt fast gestorben wäre", sagte die Mutter dann.

Ich war der Meinung, das Pech gehabt zu haben, in der falschen Familie geboren worden zu sein. Als ich noch ein Kind war, stellte ich mir oft vor, ich wäre adoptiert. Dass meine richtigen Eltern irgendwo lebten, und sich nach mir sehnten, ihre Entscheidung bereuten. Meine richtigen Eltern würden mich verstehen. Bei ihnen hätte ich nicht das Gefühl, in einer unverständlichen Sprache zu sprechen, sie würden mir nicht das Gefühl geben, dass etwas mit mir nicht in Ordnung sei. Ein Blick in den Spiegel strafte meinen Traum Lügen.

Freiheit

Sobald ich eigenes Geld verdiente, leistete ich mir meine zweite große Leidenschaft - das Reisen. Ich musste es heimlichtun, um den Auseinandersetzungen mit meinen Eltern zu entgehen. Ich log, rief von unterwegs an und behauptete bei der Arbeit zu sein. Die schlechte Verbindung käme durch ein Gewitter. Fernab von zu Hause fühlte ich mich frei. Ich genoss es, andere Kulturen kennenzulernen, Englisch zu sprechen, neue Menschen zu treffen, mich wieder zu trennen, ohne Verpflichtungen einzugehen. Oft kam ich dabei in brenzlige Situationen, die ich selbst aber nicht so sah. Drogen, Männer, Krisengebiete. Egal - Hauptsache ich war der Enge entkommen. Ich war volljährig, aber nur in der Ferne hatte ich das Gefühl auch unabhängig zu sein. Je mehr ich versuchte, mich von zuhause abzunabeln, desto mehr klammerte meine Mutter. Zig- mal hatte sie mich rausgeworfen, mir gesagt, dass sie mich nie mehr wiedersehen wolle, mit mir breche. Ich hatte das begrüßt. Wollte die Möglichkeit haben meinen eigenen Weg zu gehen, auch wenn er nicht immer richtig war. Spätestens nach drei Tagen begann dann der Telefonterror. Ständig rief meine Mutter in der WG an, ohne Rücksicht auf die anderen, Ich ließ mich verleugnen, ohne Erfolg. Dann jammerte sie meinen Mitbewohnern die Ohren voll, bis diese sich bei mir beschwerten und ich mich wiederum schämte. Gegenüber logischen Argumenten war meine Mutter taub. *Wenn ich mich weigerte, wieder nach Hause zu kommen konnte es sein, dass sie Sturm an der Haustüre läutete. Mit aller Gewalt versuchte sie ihren Willen zu bekommen, klagte über Krankheiten, warf mir vor undankbar zu sein:*

„Vom Mund haben wir uns deine Ausbildung abgespart und jetzt das."

Jedes Mal wurde mein Groll größer. Nur mein verdammtes Pflichtgefühl ließ mich zurückkehren. Ich fühlte mich wieder und wieder manipuliert und schwach.

Plenum

Die erste im Plenum ist Connie. Sie erzählt von ihrer heroinabhängigen Mutter, die sich nur wenig um ihre Kinder gekümmert hatte. Von ihren zwei kleinen Geschwistern, davon, wie sie oft hungrig in die Schule gehen mussten, weil weder Essen noch Geld da war. Connie hatte sich bemüht, den Schein nach außen zu wahren, hatte die Wohnung sauber gehalten und versucht die tatsächlichen Umstände vor dem Jugendamt zu verheimlichen. Sie hatte gelernt die lüsternen Blicken der Männer, die ihre Mutter mit nach Hause brachte, zu umgehen und räumte die Spritzen weg, bevor ihre Geschwister aufstanden. Sie war ihnen die Mutter, die sie nicht hatten. Connie ist von einer melancholischen Aura umgeben. Ich lausche ihrem Bericht. Dann konzentriert sich Theresa auf eine bestimmte Situation, die typisch war in Connies Jugend. Theresa bittet sie, sich stellvertretend für ihre Familienmitglieder Teilnehmer aus der Gruppe zu suchen, die eine bestimmte Situation nachstellen sollen. Nach einer kurzen Regieanweisung spielen sie die Szene. Als Connie zu weinen beginnt, weine auch ich. Wieder habe ich ein schlechtes Gewissen. Was mache ich hier? Habe ich überhaupt einen Grund mit meinem Leben zu hadern?

Als ich Theresa im Anschluss meine Bedenken mitteile, blickt sie mich mit ihren durchdringenden Augen an:

„Das hier ist kein Wettbewerb. Hier geht es nicht darum, den anderen zu übertreffen, sondern darum für sich selbst etwas zu tun!"

Das imponiert mir an Theresa. Sie bringt es auf den Punkt. Ich habe bei ihr nie das Gefühl, hintergangen zu werden. Auch dann nicht, wenn mir das Gesagte nicht passt. Theresa lässt mir eine Wahl, sieht mich nicht als Opfer, sondern als Mensch, der nicht klar kommt im Leben.

„Du entscheidest, ob du dich deinen Ängsten stellst, sie annimmst und lernst damit umzugehen. Wenn du dich dagegen entscheidest, ist das dein gutes Recht. Ich mache dir ein Angebot, dich auf diesem Weg zu begleiten, gehen musst du ihn selbst!"

Connies Aufarbeitung dauert länger als angenommen und mein Termin verschiebt sich immer weiter nach hinten.

Am Abend, bei einem Glas Wein, geht es Connie gut. Sie hatte noch ein Nachgespräch mit Paul. Den anderen ist es untersagt, mit ihr über die Darstellung und ihre Gefühle zu sprechen:

„Das ist unsere Aufgabe und ich will, dass ihr euch an diese Anweisung haltet!"

Theresas Ton duldet keine Widerrede. Erst am nächsten Morgen in der Frühbesprechung, unter Aufsicht von Paul und Theresa, spricht Connie über ihre Gefühle und darüber, was mit ihr passiert ist. Sie habe das Gefühl, als sei ein Knoten in ihrem Inneren geplatzt und das sei sehr angenehm:

„So, als hätte man eine Eiterbeule aufgestochen", sagt sie in die Runde. Ich freue mich für Connie und wünsche mir, dass der Effekt bei mir ähnlich sein wird.

Je länger es dauert, bis auch ich an der Reihe bin, desto mehr pocht meine eigene Eiterbeule´. Die Beschäftigung mit meiner Familie lässt mich wieder an Ereignisse denken, die ich in meinem Innern vergraben glaubte. Sie beginnen nun, sich einen Weg an die Oberfläche zu suchen, und ich weiß nicht, ob ich dagegen ankomme. Ich bin verkrampft und angespannt. Meine Fingernägel graben sich in meine Haut, und ich halte die Nähe zur Gruppe nur schwer aus. Zusehens werde ich ungehaltener. Oft bricht es unkontrolliert aus mir heraus, wenn ich angesprochen werde. Die Szenen aus den Lebensgeschichten zehren an meinen Nerven, und ich weigere mich einen Part zu übernehmen, wenn sie nachgestellt werden. Bei einer der folgenden Morgenbesprechungen werde ich von Tina, einer sensiblen Enddreißigerin darauf angesprochen. Sie ist das genaue Gegenteil von mir. Scheinbar bei allen beliebt, gibt sie sich schüchtern, weiß aber genau, wie sie ihren Willen durchsetzt. Sie becirct die Männer und macht mit den Frauen auf gute Freundin, dabei lächelt sie verschämt. Ich weiß genau, was hinter der Fassade steckt - ein Wolf im Schafspelz - und meide sie.

„Du schüchterst mich ein, mit deinen Bemerkungen und deiner abweisenden Art", haucht Tina jetzt und blickt schutzsuchend in die Runde.

Ihr Augenaufschlag ist perfekt und jemand, der weniger kritisch ist als ich, würde darauf hereinfallen. Bei den Männern weckt sie Schutzinstinkte und gibt ihnen das Gefühl, ein ganzer Kerl zu sein. Mir liegt nichts an Tina und ich verachte die, die nicht kapieren was hier abgeht. Eine typische starke Schwache, die mit unfairen Mitteln kämpft - aber nicht mit mir: "Weißt du," erwidere ich deshalb kalt, „mir lag noch nie daran, von jedem gemocht zu werden!"

Manchmal geht mir dieses Psychogelaber ganz schön auf den Geist. Alles verstehen, alles hinterfragen. Dann verdrehe ich die Augen und gehe in den Hof zur Katze mit dem weichen Fell.

Als Carlos Erlebnisse vom Kinderheim im Plenum nachgestellt werden, weine ich erneut. Ich bin ganz verzweifelt, weil ich dabei an meine eigenen Kinder denken muss. Paul nimmt mich zur Seite und spricht mit mir. Danach hadere ich nicht mehr damit, mich ebenfalls der Bühne zu stellen. Nicht einmal ansatzweise darf meinen Kindern widerfahren, was Carlo erlebt hat. Ich stelle mich meiner Geschichte, damit ich in Zukunft da sein kann für meine Familie.

Thomas

Ich mache mir Sorgen, ob die Therapie für Johanna nicht zu belastend ist. Sie hört sich nachdenklich aber auch kämpferisch an, am nächsten Tag müde und unsicher. Ich spüre, dass sie mit sich kämpft, auch wenn sie es nicht sagt. Ich fürchte um die zurückgewonnene Vertraulichkeit, kann die ganze Sache nur schwer einschätzen. Ich will endlich wieder Normalität. Meine Frau und meine Kinder um mich haben, gemeinsame Unternehmungen am Wochenende. Ich will nicht mehr ständig Angst davor haben, was der nächste Tag bringt, und ich will auch nicht mehr auf meine Mutter angewiesen sein. Dann bin ich wütend auf Johanna. Kann sie sich nicht zusammenreißen, nach so langer Zeit. Irgendwann ist doch mal gut. Ich tue ihr Unrecht, das weiß ich, aber auch ich muss meine Wut loswerden. Ich spreche mit niemandem darüber, gehe lieber schwimmen und reagiere mich körperlich ab. Wenn die Muskeln schmerzen, ist auch die Wut verraucht. Am meisten macht mir die Ungewissheit zu schaffen. Was kommt danach, wann kommt ein Rückfall? Meine Energiereserven sind fast aufgebraucht. Dann denke ich darüber nach, was Johanna schon alles gestemmt hat, seit wir uns kennen. Wie lange war sie für mich da und hat mir den Rücken freigehalten? Wie oft musste sie zurückstecken? Sie hatte das alles mit sich ausgemacht. Ihre Wünsche hintenangestellt, weil ihr die Familie wichtig war. Was war mit ihren Träumen und ihren Wünschen? Sie hätte sich gut ein Leben ohne Kinder vorstellen können, das hatte sie immer gesagt. Ich war derjenige, der unbedingt Vater werden wollte. Johanna handelte stets nach dem Alles- oder -Nichts –Prinzip.

„Wenn ich Kinder bekomme, dann will ich sie selbst erziehen. Keiner kann das so gut wie ich", war sie überzeugt. Sie war eine Glucke, getrieben von Perfektion.

Mit aller Macht wollte sie eine glückliche Kindheit für die beiden. Ihre und meine Eltern beobachtete sie mit Argusaugen, stets darauf bedacht, Ungerechtigkeiten im Keim zu ersticken. Wenn ihre Eltern mit ihnen sprachen, verbesserte sie sie.

„Das heißt nicht ´Wau-Wau`, das ist ein Hund." Ihre Eltern waren dann verletzt. Sie meinten es doch gut mit den Enkeln. Ich fand Johanna engstirnig und hart, bedauerte ihr Verhalten den Eltern gegenüber und versuchte, die Situation zu retten. Dann kam es zum Streit. Sie fühlte sich von mir verraten. Dabei hätten wir uns keine besseren Großeltern wünschen können. David und Clara waren gerne bei ihnen, fragten sogar, ob sie dort die Wochenenden verbringen durften. Wenn Johanna mit ihren Eltern sprach, blieben die Themen oberflächlich. Johanna ließ keine Nähe zu, gab nur wenig preis. Das war eine ganz andere Johanna als die, die ich kannte. Auf welche Johanna musste ich mich nach ihrer Rückkehr gefasst machen?

Der Tag X

Und dann ist er da, der Tag X. Müde sitze ich beim Frühstück. Vom vielen Kaffee habe ich Magenschmerzen. Ich bin froh, dass die Nacht vorbei ist. Ich hatte mich lange von einer Seite auf die andere gewälzt, und war erst gegen Morgen eingeschlafen. Jetzt habe ich Kopfschmerzen und das Geplapper der anderen nervt mich erneut. Die schrillen Stimmen erscheinen mir viel zu laut, das Lachen zu aufdringlich. Ich bin nicht geschaffen für Geselligkeit. Schnell wird mir das Aufeinandersitzen lästig. Ich brauche dieses ganze Geplänkel nicht, genauso wenig wie die ätzenden Entspannungsübungen. Ich bitte Connie um eine Schmerztablette. Die Kopfschmerzen lassen nach.

Während die anderen nach und nach beim Frühstück eintrudeln, gehe ich mit Paul und Theresa ins Therapiezimmer. Im ausführlichen Gespräch soll ich möglichst detailliert die Geschichte meiner Familie erzählen. Ich hatte dieses Gespräch in den letzten Tagen zig- mal im Geist durchlebt und so beginne ich nun recht zügig, die Zusammenhänge und Jahreszahlen herunter zu leiern. Distanziert, emotionslos, als würde ich ein Kuchenrezept weitergeben. Ich erzähle von meinen Großeltern väterlicherseits. Dem Großvater, der gestorben ist, als ich noch ganz klein war und der Großmutter, die wie ein Fels in der Brandung gewesen war. Mein Halt und in vielerlei Hinsicht auch mein Vorbild. Die mit mir die Liebe zur Literatur geteilt hatte, nie an mir herumgenörgelt hat und für die ich immer „richtig" war. Ich erzähle von meinen Brüdern und meinen Eltern, von mir. Erst als ich zur Familiengeschichte meiner Mutter komme, gerate ich ins Stocken. Eigentlich will ich diese Informationen genauso sachlich weitergeben wie die anderen Daten, doch ich merke eine innere Barriere wachsen. Mein Kiefer verkrampft sich und ich bohre die Fingernägel in die Handinnenflächen. Theresa merkt meine Anspannung und spricht mich darauf an. >Ich hatte wunderbare Großeltern. Sie kamen aus Ungern und haben sich hier nach dem Krieg eine neue Existenz aufgebaut. Meine Großmutter war fast zwanzig Jahre jünger als mein Großvater. Na ja, eigentlich war sie gar nicht meine Großmutter, sie war die zweite Frau meines Großvaters. Die Mutter meiner Mutter starb, als sie noch ganz klein war!" Wie oft hatte ich diese Geschichte erzählt bekommen. Die Erzählungen meines Großvaters klangen dabei ganz anders als die meiner Mutter. Der Opa wurde dann ganz traurig und sang ungarische Volkslieder voller Wehmut. Die Schilderungen meiner Mutter waren auch wehmütig, aber auf eine ganz andere Art.

Immer wieder wurde mir vor Augen geführt, welch ein hartes Los meine Mutter hatte. Als ständige Demonstration für meine Undankbarkeit.

Und ich beginne zu berichten, was ich vom Großvater und meiner Mutter erzählt bekommen habe, immer wieder, in all den Jahren.

Meine Großeltern kamen aus Ungern. Sie hatten eine 4-jährige Tochter und meine Großmutter Irma war wieder schwanger. Im Winter 1941 flohen sie mit ihren Eltern und Geschwistern vor der russischen Armee. Sie sollten heim ins Reich, waren nicht mehr erwünscht in der bisherigen Heimat. Zusammenführen was zusammengehört; nur wo gehörten sie hin? Sie alle waren in Ungarn geboren und aufgewachsen, sprachen ungarisch und waren dort zu Hause. Noch nie waren sie verreist gewesen oder länger weg aus dem Dorf. Jetzt war alles, was sie noch besaßen, auf dem Planwagen. Überleben war das einzige was zählte. Anfang Dezember kamen sie im Zwischenlager an. Kalt war es in diesem Winter, und sie waren erst einmal froh, ein Dach über dem Kopf zu haben. Die Reise war beschwerlich und die Nächte alles andere als bequem, zumal bei Irma mit Fortschreiten der Schwangerschaft immer mehr körperliche Beschwerden hinzukamen.

Deshalb konnten sie zunächst über die Enge und den Gestank der Latrinen hinwegsehen. Aber nach einigen Tagen war es beengend in dem kleinen Abteil, nur durch eine Plane von den anderen Familien getrennt. Tag und Nacht bekam man alles mit, was nebenan geschah. Die Verpflegung war dürftig, oft gab es nur wässrige Suppe, manchmal ein Stück ranziges Fleisch und trockenes oder angeschimmeltes Brot. Wer noch Wertsachen zum Tauschen hatte, versuchte etwas zusätzlich zu bekommen. Viele Männer ertränkten die Trostlosigkeit in Alkohol, es kam zu Streit, Übergriffen und Diebstählen. Wie lange diese Situation anhalten sollte war ungewiss. Ebenso der Fortgang der Reise. Nur die Frauen bildeten eine eingeschworene Gemeinschaft. Sie halfen sich wo sie konnten, spendeten sich gegenseitig Trost und Zuspruch. So waren die elend langen Tage, Nächte und Wochen einigermaßen erträglich. Anfang Januar setzten bei Irma die Wehen ein. Die Geburt war schwierig und dauerte lange. Sie lag auf ihrem Strohsack und fühlte die Kräfte schwinden, während ihr ihre Mutter und einige andere Frauen beistanden. Es war kalt und klamm und als das Kind, meine Mutter, endlich geboren war, war Irma am Ende ihrer Kräfte. Sie erholte sich nur langsam, wurde immer

stiller und trauriger. Durch den starken Blutverlust war sie sehr schwach, sie wollte nur noch schlafen. Aber das Kind schrie und schrie, die anderen Familien beschwerten sich, und so blieb ihr nichts anderes übrig, als es an die Brust zu legen. Es war kräftig und strotzte nur so vor Überlebenswillen. Je größer es wurde, desto schwächer wurde Irma. Sie wurde immer teilnahmsloser, hatte kein Interesse mehr an ihrer großen Tochter und ihren Mitmenschen.

Eines Tages fand ihre Schwester das Kind allein schlafend auf dem Strohsack und als Irma auch nach einiger Zeit nicht zurückkam, verständigte sie die Familie, um sie zu suchen. Der Großvater fand sie im Wald. Sie hing an einer Buche, sie hatte sich erhängt, ihre Augen waren starr.

Über die Zeit danach hatte mein Großvater nie viel erzählt. Nur so viel, dass meine Mutter, die meiste Zeit schrie, und er nicht wusste, wie er sie ernähren sollte. Die anderen jungen Mütter im Lager, legten sie abwechselnd an die Brust. Später, als sie mit dem Zug in ein anderes Lager verlegt wurden, stand er mit seinen beiden Töchtern an der Tür des Wagons und überlegte während der Fahrt abzuspringen. Auch er wollte nicht mehr leben. Über Umwege kam die Familie nach Süddeutschland, wo sie in einem kleinen Dorf eine bescheidene Existenz aufbaute. Im zweiten Lager hatte er ein junges Mädchen geheiratet, die Kinder sollten versorgt sein. Nie hatte diese den Stellenwert der ersten Frau eingenommen, stand in ständigem Vergleich

„Irma war zu gut für diese Welt", hatte er immer und immer wieder gesagt und dabei geweint.

Ganz sicher war sie die einzige Liebe seines Lebens gewesen. Es kam wie es kommen musste. Das Verhältnis zwischen Stiefmutter und Stieftöchtern war denkbar schlecht. Der Vater stand dazwischen, die Ähnlichkeit der Töchter mit der verstorbenen Mutter war überdeutlich. Die Schläge und Misshandlungen, die ich von meiner Mutter immer wieder gebetsmühlenartig und detailliert geschildert bekommen hatte, zeugten von Wut, Härte und Hass. Sowohl auf Seiten meiner Mutter als auch auf Seiten der Großmutter, die ich kannte. Ich wollte diese Schilderungen nie hören. Ich mochte meine Oma. Sie war immer gut zu mir gewesen, auf ihre burschikose Art herzlich. Ich befand mich in einem Gewissenskonflikt. Zu wem sollte ich stehen. Zeigte ich mich solidarisch mit der Mutter, verriet ich die Großmutter. Verteidigte ich meine Großmutter, war meine Mutter beleidigt. Irgendwann hatte ich die ständige Beweihräucherung Irmas, dieses ewige ´Irma war zu gut für diese Welt´, dass meine Mutter vom Vater übernommen hatte, so satt, dass ich meine Mutter anfuhr:

„Wäre sie tatsächlich so gut gewesen, hätte sie sich sicher nicht erhängt und ihre Kinder im Stich gelassen!"

Ich war damals zwölf und mit mir und meinen eigenen Problemen beschäftigt. Ich hatte noch nichts gehört von Wochenbettdepression, war überfordert mit der Situation. Meine Mutter konterte:

„Du undankbares Ding. Anstelle froh zu sein, eine Mutter zu haben und sie zu schätzen, trittst du sie mit Füßen. Schämen solltest du dich!"

Manchmal, wenn meine Mutter nicht da war, ging ich an deren Nachttisch und holte das Allerheiligste heraus. Eine Schachtel mit den wenigen Erinnerungen an Irma. Die Todesbescheinigung, die Grabnummer, ein Hochzeitsfoto und ein Portrait. Ich hatte den Eindruck, meine eigene Mutter blickte mich vom Foto aus an. Dann hielt ich Zwiesprache mit dieser Frau, die meiner Mutter so ähnlich sah, und die, lange über ihren Tod hinaus, die Familie so stark beeinflusste. Ich empfand keine Zuneigung zu der Frau auf dem Foto, die durch ihren Freitod so viel Elend verursacht hatte. Und ich hasste den Kult, der um sie veranstaltet wurde. Sie hatte es nicht verdient. Meine Oma konnte die Suppe auslöffeln und wurde dann als böse Frau angesehen. Ich verachtete Schwäche und gestand sie mir selbst am wenigsten zu; Keinesfalls wollte ich sein wie die Frau auf dem Foto, die sich aus der Verantwortung geschlichen hatte und die bis heute verherrlicht wurde. Mir fällt ein Gedicht ein, das ich damals in mein Tagebuch geschrieben habe.

Das Kind der Toten

Dich übernommen aus den Händen der Toten,

für dich gesorgt in ständigem Vergleich.

Immer in IHREM Schatten stehend,

dem Mann nur zweite Wahl.

Sehe ich ihn dich liebkosen,

seinen Blick, betrachten IHRE Augen,

seine Hand IHRE weiße Haut berühren,

seinen Mund IHR dunkles Haar küssen.

Seine Stimme weich zu dir sprechen -

nie wird mir dies zuteil.

Ich wünschte dich bei der Toten

Dann wäre er endlich frei!

Ich hatte mich in Rage geredet. Weder Paul noch Theresa hatte mich unterbrochen. Aufmerksam sehen sie mich jetzt an.

„Deine Mutter hatte einen sehr schweren Start im Leben", meint Paul.

Ich funkele ihn wütend an.

„Das brauchst du mir nicht zu sagen, das höre ich seit ich denken kann! Ich habe keine Lust mehr auf dieses Drama!"

Die Wut schnürt mir fast die Kehle zu. Diese unbekannte Groß-mutter hat so viel Raum eingenommen. Ihr Abgang und ihre Glo-rifizierung hatten das Gefühlsleben meiner Mutter so in Anspruch genommen, dass diese ihre eigenen Kinder nur kritisch gesehen hatte, und ich als Mülleimer für ihre Enttäuschung und ihre Verletzungen missbraucht worden war. Sie wollte von mir die Liebe, die ihr als Kind verwehrt worden war. Und wenn ich nicht die gewünschten Reaktionen gezeigt hatte, stieß sie mich von sich weg - unnütz, undankbar, enttäuschend.

Dann ist es Zeit fürs Plenum. Endlich! Ich will es hinter mich bringen. Im Raum ist es stickig und heiß. Ich bin immer noch aufgewühlt. Theresa gibt den anderen eine kurze Übersicht über meine Familiengeschichte. Ich bin gespannt, welche Sequenz sie daraus wählt, denke an die Szenen der anderen. Theresa ist unberechenbar, lässt sich nicht in die Karten schauen, was mich noch nervöser macht. Theresa überlegt. Endlich bittet sie mich die Stellvertreter für meine Familie zu wählen. Längst weiß ich, wer aus der Gruppe meine Brüder und Eltern vertritt, fest davon überzeugt, dass eine problematische Situation aus meiner Jugend nachgestellt wird. Als Theresa mich fragt: „Wer ist Irma?", bin ich erst einmal perplex. Selbst hier soll Irma ihren Raum bekommen. Aber Theresa bleibt dabei. Widerstrebend und enttäuscht suche ich die Stellvertreter für Menschen aus, von denen ich die meisten nur aus den Erzählungen meiner Mutter und meines Großvaters kenne. Ich will selbst Teil der Szene sein, MEIN Verhalten und MEINE Ängste reflektieren. Und jetzt soll schon wieder meine Mutter im Mittelpunkt stehen! Ich zweifle innerlich, werde bockig und zeige das auch nach außen. Meine Miene verhärtet sich, ich verschränke die Arme vor der Brust.

„Ich dachte es geht um MICH!", zische ich in Richtung Theresa. Theresa lässt sich nicht beirren:

„Eben," gibt sie unbeirrt zurück und konzentriert sich auf ihre Regieanweisungen. Die Zeit im Lager soll nachgestellt werden. Als die Akteure auf die Bühne kommen, wähne ich mich in einem Heimattheater. Immer noch widerstrebend betrachte ich die Szene, fest entschlossen, mich davon nicht berühren zu lassen. Doch Theresa fordert mich auf, mir bewusst zu machen, dass ich hier eine annähernde Wiedergabe des Starts meiner Mutter in dieser Welt erleben werde. Als die ersten Teilnehmer anfangen zu weinen, bricht auch bei mir der Damm. Connie als hungriges und schreiendes Baby rührt mich zu Tränen. Als Sascha, der meinen Großvater darstellt, vom vermeintlichen Aufseher erniedrigt wird, bin ich in Gedanken ganz bei meinem Opa, den ich nur liebens-

wert kenne. Als Sascha Irma vom Baum schneidet und Connie dabei schreit wie am Spieß, weine ich bitterlich. Die Mauer, die ich um mich errichtet habe, bekommt Risse. Als Connie herumgereicht wird, von einer stillenden Mutter zur nächsten, sagt Theresa:

„Das ist deine Familie. Deine Mutter hatte von Beginn an ihre Bedürfnisse lautstark vertreten müssen, um zu überleben. Immer herumgereicht, als lästiges Übel."

Das Kind, das einmal meine Mutter gewesen war, tut mir unendlich leid. Meine Gedanken überschlagen sich, ein Durcheinander verschiedener Zeitebenen. Ich sehe die Situation im Lager und dazwischen schieben sich die Erinnerung an meine Schwangerschaft mit David. Wie hatten wir uns damals auf dieses Kind gefreut. Das erste Ultraschallbild, das schöne Zimmer, liebevoll eingerichtet, mein Körper, mit dem ich endlich Frieden geschlossen hatte, brachte er doch so etwas Wundervolles hervor. Alles hatte ich vermieden, was dem Kind schaden könnte und dann war er da, der errechnete Termin. Ich hatte zwanzig Kilo zugenommen, saß daheim und wartete auf die Wehen. Nichts geschah. Erst zehn Tage später ein leichtes Ziehen; endlich. Im Krankenhaus schickten sie mich wieder nach Hause – falscher Alarm. Ich wurde nervös. Zwei Tage später wurde die Geburt eingeleitet. Ich hatte das Gefühl, als würde mir ein Messer in den Unterleib gerammt. Wehenschwäche, war die lapidare Diagnose der Hebamme. Zweiundzwanzig Stunden dauerte die Geburt, danach war mein Unterleib wie tot. Mit gespreizten Beinen lag ich im Kreissaal, während ein Arzt meinen Damm nähte. Das Kind wurde von der Hebamme versorgt. Thomas strotzte vor Stolz - neun Pfund, ein Prachtkerl!

Ich lag da auf dem Kreißbett und betrachtete die blauen Fliesen an der Wand. „Funktional", war alles was ich dachte, ´wie früher die Waschküche zuhause. ´ Im Nebenraum schrie eine Gebärende, als wäre ihre letzte Stunde gekommen. David wurde mir gebracht, an die Brust gelegt und er saugte, als gäbe es kein Morgen. Der Arzt nähte immer noch an mir herum, wieder schrie die Frau im anderen Raum. „Ausgeliefert", dachte ich, „ohne jede Würde." Die Tage danach zeigten mir die Schwestern, wie ich das Baby zu versorgen hätte. Natürlich wollte ich stillen, alles andere war zu der Zeit verpönt. David wurde vor und nach dem Anlegen gewogen - fünf Gramm. Die anderen Mütter im Stillzimmer schauten mich mitleidig an, platzten vor Stolz, wenn sie mehr lieferten. Meine Brust entzündete sich, ein dicker roter Streifen zog sich hin bis zu meiner Achselhöhle.

„Der arme Kleine schreit vor Hunger", sagte die Schwester, „mehr sollte er keinesfalls abnehmen."

Sie gaben ihm Tee. Ich hatte Schmerzen, bekam Quarkwickel. Dann brachten sie mir die Milchpumpe. Ich schaute zu, wie meine Brust durch den Unterdruck langgezogen wurde; zehn Gramm, vermischt mit Blut, nicht zu verwenden. David bekam das Fläschchen. Ich resignierte, hatte Schmerzen an der Naht und der Brust. Die Haut an meinem Bauch war faltig. Ich stellte mich auf die Waage. Achtundsechzig Kilo, höchste Zeit diesem missratenen

Körper, der weder Wehen noch Milch hervorbrachte, zu zeigen wo es lang ging. Zu Hause betrachtete ich meinen Sohn; Ein schreiender roter Krebs, der gebadet, gewickelt, gefüttert und geliebt werden wollte. Ich versuchte mein bestes, aber ich wusste nicht, wie ich ihn halten sollte, hatte Angst ihn zu ertränken, ihn fallen zu lassen, ihm die Gliedmaßen zu brechen. Also wartete ich auf die Hebamme oder Thomas. Teilnahmslos sah ich zu, wie gut sie das

konnten. Dann fing ich an zu weinen und vor mich hin zu starren. Arbeiten verrichtete ich mechanisch. Als Thomas mich zur Nachuntersuchung brachte, sprach der Arzt von Wochenbettdepression. Ich bekam Medikamente. Thomas nahm Urlaub und versorgte David. Nach einigen Wochen ging es mir besser und ich fand langsam, ganz langsam in meine Rolle als Mutter. Ich schämte mich für meine neuerliche Unfähigkeit. Keinesfalls wollte ich damals einen Bezug zu Irma herstellen. Ich war anders, hatte alles im Griff. Bis heute. Jetzt gebe ich meinen Widerstand auf. Genauso wenig wie ich nach Davids Geburt meine Gefühle und Gedanken steuern konnte, konnte es Irma damals im Lager, unter menschenunwürdigen Bedingungen. Kann ich diese Frau verachten, ohne mich selbst zu verachten?

Im Raum ist es still. Die meisten der Teilnehmer weinen leise. Die Akteure sind sichtlich mitgenommen.

Theresa meint im Anschluss, dass das Verhalten meiner Mutter all die Jahre sicherlich nicht richtig war, aufgrund ihrer Erlebnisse jedoch nachvollziehbar. Sie musste, um bestehen zu können, um ihr Recht kämpfen, mit allen Mitteln, die ihr zur Verfügung standen. Und wenn sie es nicht allein schaffte, hatte sie Fähigkeiten entwickelt, sich Helfer zu suchen, wie beispielsweise meinen Vater. Ihr Leben war Kampf, von Anfang an. Aber sie war die beste Mutter, die sie sein konnte, wusste es nicht besser, hatte es nicht anders gelernt.

„Es geht hier nicht um richtig und falsch, Johanna. Es geht darum, die Zusammenhänge zu verstehen. Wenn du verstehst, kannst du vielleicht auch annehmen und verzeihen!"

Ich sitze im Hof, dick eingemummt, mit einer Decke um die Schultern. Wieder liegt die Katze auf meinem Schoß. Das Klingen des Windspiels und das sanfte Streicheln der Katze sind wie Meditation. Ich muss nachdenken. Jetzt, nachdem die Wut verraucht ist, klingen Theresas Worte in mir nach. Und ich erkenne die Zusammenhänge. Immer hatte ich mich geweigert, die Tragik im Leben meiner Mutter anzunehmen. Als Kind überfordert und als Erwachsene verhärmt. Aber die Geschichte bildet die Wurzel unseres gemeinsamen Lebens. Nie hatte meine Mutter Gelegenheit gehabt, sich damit auseinanderzusetzen, die Verletzungen und Selbstvorwürfe am Tod Irmas schuld zu sein, aufzuarbeiten. Zu der Zeit hatten andere Interessen im Vordergrund gestanden. Aufbauen einer neuen Existenz, sich in der fremden Umgebung zurechtfinden; Basisbedürfnisse. Sie hatte auf mich gebaut, dass ich ihr durch Zuhören und Zuneigung die nötige Erlösung brächte, dass ich ihr im Nachhinein, das gäbe, was ihr von ihrer leiblichen Mutter verwehrt worden war. Eine Tochter für eine Mutter. Nur war ich dazu nicht fähig - diese Reihenfolge funktionierte nicht. Als sich das Verhältnis immer mehr verschlechterte und die Enttäuschung über die vermeintliche Bosheit ihrer Tochter immer größer wurde, holte meine Mutter den Vater zu Hilfe, der mich für diese Verfehlungen bestrafen sollte. Dadurch behielt sie ihre Selbstachtung und ihre Überlegenheit. Sie hatte sich dafür den richtigen Mann ausgesucht. Selbst eher schwach und unsicher, verließ er sich in den meisten Bereichen auf seine Frau. Die Angst, sie nach dem schweren Unfall zu verlieren, hatte ihr Übriges getan. Diese schwache starke Frau war sein Halt. Theresa hatte Recht. Es war nicht richtig, was mir widerfahren war, aber jetzt kann ich verstehen und vergeben. Meine Geschichte begann viel früher. Ich sehe meine Mutter, das was sie ist und das was sie war, aus der Distanz. Und das ist ein befreiendes Gefühl. Dann kommen die schönen Erinnerungen, die so lange, vergraben waren, denen ich nicht gestattet hatte an die Oberfläche zu kommen. Wie ich mit meiner Mutter und der Großmutter Weihnachtsplätzchen gebacken habe, wie schön Weihnachten immer gewesen war. Wie ich meine schöne Mutter bewundert habe Wie ich es liebte, ihre klackende Sonntagsschuhe auf dem Parkett zu hören. Ihren Ehering an den schmalen Händen, der so ein herrliches Geräusch abgegeben hatte, wenn sie damit gegen eine Schüssel gestoßen war. Die Spiele-Abende in der warmen Stube, die Fahrten mit dem Traktor. Wie mir der Vater das Fahrradfahren beigebracht hatte, später das Fahren mit dem frisierten Moped. Wie mein Vater die Zäune repariert hatte, die ich als Fahranfängerin mitgenommen hatte. Diese schönen Zeiten hatte es auch gegeben.

Sascha setzt sich zu mir.

„Alles klar?"

Ich nicke. Wir gehen eine Runde über den Hof. Ich ziehe die Decke fest um die Schultern. Es ist noch immer eisig kalt. Die dünne Schneedecke knirscht unter unseren Füßen. Saschas Blick ist ernst, als er anfängt zu erzählen wie er sich in seiner Rolle als mein Großvater gefühlt hat. Er, der selbst zwei kleine Kinder zu Hause hat, musste ständig an seine Frau denken. „Scheiße Johanna, wir tragen alle unser Päckchen mit uns herum. Nur welches Glück haben wir, dass wir das nicht allein tragen müssen. Wie haben die Generationen vor uns das nur geschafft?" „Indem so viel anderes auf der Strecke geblieben ist", sage ich. Sascha bleibt stehen und sieht mir in die Augen „Du bist eine wahnsinnig kluge Frau, Johanna."

Er nimmt mich in die Arme und drückt mich ganz fest. Ich lasse es zu, fühle mich gehalten und geborgen am Körper dieses großen

Mannes. In dieser Geste liegen so viel Herzlichkeit und Wärme, fern aller Romantik und Erotik. Zwei Menschen, die einen großen Schritt in ein selbstbestimmtes Leben getan haben.

In dieser Nacht ist mein Schlaf zum ersten Mal seit langem ruhig und entspannt. Im Traum sehe ich mich im Bett liegen. Er hat nichts Bedrohliches. Mein Körper ist durchsichtig., wie aus Glas. Eine lange Nadel dringt durch meine Bauchdecke und bewegt sich langsam und zielstrebig auf eine dicke Eiterbeule zu. Dann sticht die Nadel durch die feste, äußere Haut und gelbe, zähe Flüssigkeit fließt durch sie nach außen ab. Ich wache auf, mit einem Lächeln auf dem Gesicht. Ich umfasse meinen Leib, halte ihn fest und spüre, wie angenehm sich meine Haut anfühlt.

Wurzeln

Ich trage Irmas Erbe in mir: Ihren Hang zur Depression, ihre Sensibilität, ihre Ausweglosigkeit. Ich trage das Erbe meines Vaters in mir: Sein Aussehen und seine Härte. Von meiner Mutter habe ich die Schlagfertigkeit und die spitze Zunge geerbt. Und ihren festen Willen. Und ganz viel hat mir Elsa hinterlassen. Die Liebe zu Büchern, den Intellekt, den Hang zu Autonomie und auch die Fähigkeit, allein klar zu kommen. Ich bin nicht mehr der kleine Spross, der diesem Wurzelwerk entsprungen ist. Ich bin gewachsen und aus dem Schatten der anderen Äste getreten, die immer von mir verlangt hatten, in ihre Richtung auszuschlagen. Lange musste ich mich ihrer Übermacht beugen. Ich musste Umwege gehen, um einen Platz aus diesem Geäst zu finden. Manchmal hat mich das fehlende Sonnenlicht an meine Grenzen gebracht. Häufig musste ich die Richtung wechseln, durch diesen Irrgarten von Ästen und Blättern. Jetzt sehe ich das Sonnenlicht und entscheide mich weiterzuwachsen, in die Richtung, die ich will. Im

Gegensatz zu Irma habe ich Menschen an meiner Seite, die mir helfen. Ich habe ein Zuhause und lebe in einer Welt ohne Lager und Ungewissheit.

Die Teilnehmer treffen sich zum Abschluss-Meeting. Wieder ein Abschied. Und wieder werde ich zu niemandem Kontakt halten. Die Zeit mit der Gruppe war begrenzt; Wir hatten uns nur zu diesem einen Zweck zusammengefunden. Wie bei allen Abschieden, die ich bisher erlebt habe, herrscht auch dieses Mal wieder Herzschmerz. Die üblichen Umarmungen und Tränen. Adressen und Telefonnummern werden ausgetauscht. Ich werde die Liste, wie auch die Listen zuvor, zu Hause wegwerfen. Die Erinnerung bleibt in mir verankert, ich kann sie abrufen, wann immer ich will. Wenn man nicht loslässt, bleibt kein Platz für Neues, davon bin ich fest überzeugt. Ich brauche den Platz für das Wesentliche, erlaube nur wenigen Menschen auf Dauer Teil meines Lebens zu sein. Nicht Sentimentalität oder Pflichterfüllung sollen im Vordergrund stehen, sondern mein eigener Wille. Von Theresa und Paul bekommt jeder eine Karte, mit einem Spruch, der ihrer Meinung nach zu den einzelnen Teilnehmern passt;

„Für Johanna," lese ich,

„die mutig ihren Weg geht,

in Gerechtigkeit und Wahrheit,

zu Versöhnung und Frieden!

Dazu wünschen wir:

„Insprinc haptbandun"

(Entspringe deinen Fesseln - Merseburger Zauberspruch) Herzlichst Theresa und Paul"

Auch Paul und Theresa werde ich nicht wiedersehen, ihren Spruch werde ich rahmen und über meinen Schreibtisch hängen.

Thomas

Johanna ist seit über sechs Monaten zurück. Nicht die Frau, die ich geheiratet habe, sondern eine ernstere, reifere Frau. Auch ich bin nicht mehr der, der ich früher war. Ich sehe unsere Gesundheit und meine Familie nicht mehr als Selbstverständlichkeit. Ich bin ängstlicher aber auch dankbarer geworden - die Schwerpunkte in meinem Leben haben sich verlagert. Ich sehe Johanna heute mit anderen Augen, sehe hinter der Fassade ihre Verletzlichkeit und ihren unbändigen Willen zur Selbstbestimmtheit. Ich habe eine Frau, die ein ganz anderes Empfinden von Nähe und Distanz hat als ich. Noch immer schreckt sie manchmal zurück, wenn ich sie berühre. Nur heute kann ich ihr Verhalten besser deuten. Ich habe gelernt, nicht jede Reaktion auf mich zu beziehen, fühle mich nicht persönlich zurückgewiesen, sondern weiß, dass dies ein unbewusstes Signal ihrerseits ist, um ihrem ureigenen Bedürfnis nach Autonomie nachzukommen. Wir sind ein Paar und sind doch zwei Individuen mit eigenen Vorstellungen, Wünschen, einer eigenen Geschichte und unterschiedlicher Prägung. Heute pflegen wir unsere Beziehung wie einen wunderbaren Schatz. Wir reden viel miteinander, nehmen Anteil am Leben des Partners, verbringen bewusst gemeinsame Zeit als Ehepaar. Partnerschaft, das habe ich begriffen, bedeutet lebenslange harte Arbeit. Johannas Krankheit betrifft nicht sie isoliert, sondern peripher auch uns alle. Für unsere Kinder sind wir die besten Eltern der Welt, Eltern mit Schwächen, Fehlern, Ecken und Kanten aber auch authentisch, verletzlich und menschlich.

Und für uns sind unsere Kinder eigene Individuen, deren Bedürfnisse es zu berücksichtigen gilt. Wir können sie nicht nach unseren Vorstellungen formen, können ihnen lediglich einen Weg zeigen, der sie stärkt in ihrer eigenen Entwicklung, und sie gleichzeitig lehren, dass Miteinander sowohl nehmen als auch geben bedeutet. Ich bin unendlich glücklich, Johannas Partner sein zu dürfen, auch wenn es nicht immer leicht ist. Dafür einzigartig.

Drei Jahre später

Im Zimmer riecht es nach Lavendel. Er liegt im Bett. Er kann nicht sprechen und ist gelähmt. Der Schlaganfall hat ihn gezeichnet. Er stöhnt und ich hole den Arzt. Wir hatten besprochen, dass er nur noch großzügig Morphium bekommen sollte, zu groß sind die Schäden im Gehirn. Meine Mutter gibt sich der Trauer hin, hoffend auf Trost und Beistand. Ich konzentriere mich auf das, was getan werden muss. Ich frage nach einem Pfarrer. Mein Vater war nie besonders religiös gewesen, aber er war gläubig. Der Pfarrer kommt und ich bin überrascht. Ohne Polemik und aufgesetzte Sentimentalität erfasst er die Situation und verschafft sich die wenigen Informationen, die er braucht. Ruhig nimmt er die Hand meines Vaters und findet die richtigen Worte. Danach habe ich den Eindruck, dass mein Vater ruhiger atmet. Die Schwester kommt, um ihn frisch zu machen. Ich biete meine Hilfe an. Noch nie hatte ich ihn nackt gesehen, und ich erschrecke über die Verletzlichkeit des ausgezehrten Körpers. Nie hätte ich für möglich gehalten, dass ich dazu in der Lage wäre. Doch nun wasche ich ihm den Schweiß ab, beziehe das verschmutzte Bett neu und lege ihm einen mit Lavendelwasser getränkten Lappen auf die fiebrige Stirn. Danach befeuchte ich seine trockenen Lippen und creme sie ein.

Früher war er angsteinflößend und herrisch, die Kluft zwischen uns war groß. Zu unterschiedlich waren unsere Ansichten, zu ähnlich unser Charakter; willensstark, starrsinnig, kämpferisch. Ich hatte es perfekt beherrscht, ihn mit meiner rhetorischen Überlegenheit zu reizen und er hatte zugeschlagen. Die einzige Form, wie wir körperlich miteinander in Kontakt getreten waren. Keine Umarmungen, keine sanften Berührungen. Wir hatten uns immer weiter voneinander entfernt, räumlich und emotional.

Jetzt, in diesem Zimmer, warten wir gemeinsam auf seinen Tod. Hier liegt nicht mehr der Vater, den ich kannte, sondern ein sterbender Mensch, reduziert auf seine Hülle. Das Bedrohliche ist verschwunden. Und nun, in seiner Schwachheit, kann ich sehen, was er tatsächlich gewesen war. Ein Mann, geprägt vom Zeitgeist seiner Generation, mit festen Prinzipien, fleißig und pflichtbewusst, der seiner Familie zu bescheidenem Luxus verholfen hatte. Er hatte sich zum Ziel gesetzt, den Kindern seine Werte zu vermitteln, in der festen Annahme das Richtige zu tun. Er hatte eine Frau, die er über alles liebte. Und er hatte eine renitente Tochter bekommen, die ihm leider Gottes zu ähnlich war und doch so fremd. Aus dieser Einsicht heraus spüre ich, wie es uns auf unsere ganz eigene Art gelingt, zu vergeben und zu verstehen. Ohne Worte, ohne Gefühlsduselei und ohne Berührung, in einer Sprache, die nur wir beide verstehen. Nie waren wir uns näher. Ich weiß, was auf mich zukommen wird. Eine Mutter, der ich beistehen muss in ihrer Trauer. Aber ich weiß auch, dass dieser Beistand so geschehen wird, wie ich es für richtig halte, nicht wie es die Mutter einfordern wird. Es ist Zeit, das Kind in ihr zu erziehen.

Bei der Beerdigung weine ich keine Träne, bin froh, dass er erlöst ist. Die Tränen unter lautem Wehklagen überlasse ich meiner Mutter, die wieder einmal einen Weg findet, um zu der ihr gebührenden Aufmerksamkeit zu kommen. Es sei ihr gegönnt. Vor meinem geistigen Auge sehe ich das schreiende Kind im Lager.

Es hätte ohne dieses Verhalten nicht überlebt und ich stünde heute nicht hier. Dieses Verhalten ist die Wurzel ihrer und meiner Existenz. Es liegt an mir, den daraus wachsenden Baum zurecht zu schneiden.

Phönix

Ich bin genesen aber nicht gesund. Die Gefahr einer neuen Episode besteht nach wie vor. Auch das hat mir Dr. Pauly, bei einem meiner ambulanten Termine, mit entschiedener Offenheit gesagt. Dafür schätze ich sie umso mehr. Sie steht mir noch immer in unregelmäßigen Abständen zur Seite. Sie kommt mir mittlerweile vor wie eine alte Bekannte, die mich besser kennt als die meisten Menschen. Ich habe Vertrauen zu ihr. Ein Gefühl, das ich erst spät entwickeln konnte. Dr. Pauly hat mich in all der Zeit kein einziges Mal enttäuscht, begegnet mir immer auf Augenhöhe. Sie hat mir beigebracht, über meine Gefühle und Wünsche zu sprechen. Sie hat mir auch beigebracht, meinen Körper anzunehmen. Lieben werde ich ihn wohl nie, das wäre, glaube ich, zu viel erwartet. Er ist nicht mehr mein Feind aber auch nicht das, was ich als ICH bezeichne. Er ist Mittel zum Zweck, ohne ihn könnte ich nicht existieren. Wir sind in Co-Existenz; Er ist der Baum und mein ICH ist die Mistel. Ich brauche ihn zum Überleben, bin aber nicht eins mit ihm. Dr. Pauly hat recht: Es gilt nicht die ultimative Lösung zu finden, sondern die für mich akzeptable. Sie setzt auf meine Autonomie. Überlässt es mir, meine Medikamente zu erhöhen oder zu reduzieren, sagt mir, dass ich Spezialist in eigener Sache bin. Ich bin noch immer auf der Hut. Nicht mehr vor meinen Dämonen, sondern vor den ersten Anzeichen eines erneuten Ausbruchs der Depression. Ich habe gelernt, Reaktionen meines Körpers zu deuten und Gegenmaßnahmen zu ergreifen Ich habe mir Rettungsinseln geschaffen, wenn ich merke, dass der noch immer latente Zwang wieder stärker wird oder sich wieder ein Nebel über mich zu legen droht. Dann nehme ich Auszeiten und konzentriere mich auf Dinge, die mir guttun. In erster Linie sind das meine Bücher, die mir die Welt in all ihren Facetten zeigt. Heute darf ich sie nutzen, wann immer ich will. Ein wesentlicher Schritt, auf dem Weg in mein heutiges Leben war es zu verzeihen. Nicht mehr gefangen zu sein in der Endlosschleife von Vorwürfen und Hass. Ich bin nicht mehr das kleine trotzige Kind, das ich viel zu lange nicht losgelassen habe. Ich habe mich weiterentwickelt zu einer erwachsenen Frau mit Handlungsspielraum. Heute schaue ich mit Abstand auf mein früheres Leben. Es hätte schöner sein können, besser, harmonischer vielleicht. Aber es hat mich zur Kämpferin werden lassen. Verstehen, annehmen, hinter sich lassen, waren wesentliche Etappen auf meinem Weg, und haben mich befreit aus meinem Korsett, das mich immer mehr eingeschnürt hatte. Es ist wunderbar, Hilfe annehmen zu können, den eigenen Stolz zu überwinden. Es ist wunderbar, sich als Mensch in seinen Entscheidungen frei zu fühlen, und nicht jede Pflicht als Last zu sehen. Es ist wunderbar eine Familie zu haben, geliebt zu werden, und trotzdem auch für sich sein zu dürfen. Und vor allem ist es wunderbar, schwach sein zu dürfen, ohne Selbstvorwürfe und ohne schlechtes Gewissen.

Und dann ist da immer noch Rosa. Sie lebt heute in Italien. Ich besuche sie, wenn mir der Raum hier zu eng wird. Dann gehen wir am Meer spazieren und ich tauche ein in eine Welt, die so ganz anders ist als meine. Nicht besser – anders!

Nachwort

Im Laufe ihres Lebens erkranken etwa 20% der Menschen an einer mehr oder minder ausgeprägten depressiven Episode. Sie zeigt sich in drei Hauptsymptomen: Niedergeschlagenheit, Interesselosigkeit und Antriebsverlust. Die Nebensymptome sind vielfältig. Im ICD10, dem bei uns gültigen Klassifizierungssystem, werden die Episoden n ach Schweregrad eingeteilt. Oft ist eine depressive Episode eine vorübergehende Störung der psychischen Gesundheit. Bei einigen kommt es jedoch zu einer ausgeprägten Symptomatik, gekoppelt mit anderen Krankheitsbildern (Komorbidität), wie z.b. einer Zwangserkrankung, einer Essstörung, einer Panikstörung, Suchterkrankung usw. Die Diagnose wird nach der Ausprägung einer solchen Störung gestellt. Dabei stellt die Hauptsymptomatik die Haupterkrankung dar. Es gibt also sowohl eine mittelgradig depressive Episode mit Zwangserkrankung als auch eine Zwangserkrankung mit mittelgradig depressiver Episode. Genau wie bei der Frage was zuerst da war, Henne oder Ei, lässt sich die Frage bei Mehrfach-Krankheitsbildern oft nur schwer beantworten. Der Leidensdruck, dem die Betroffenen ausgeliefert sind, ist in beiden Fällen sehr groß und beeinträchtigt den Alltag nachhaltig.

Der ICD10 bietet hier eine breite Palette unterschiedlicher Diagnosen. Tatsächlich ist es so, dass Depressionen zwar ganz bestimmte Symptome aufweisen, die Erkrankung jedoch so individuell ist wie der Mensch selbst. Die Ursachen sind multifaktoriell und reichen von genetischer Disposition über die persönliche Lebensgeschichte, erlittene Traumata,

Störungen des Hirnstoffwechsels bis hin zu schwach ausgeprägter Resilienz, mangelnde Ressourcen, körperlichen Erkrankungen und Stress in schwierigen Lebensphasen.

Oft begeben sich Betroffene erst in Behandlung, wenn die Situation für sie und/oder ihre Familie unerträglich geworden ist. In unserer Gesellschaft gelten psychische Erkrankungen nach wie vor als Schwäche, als Stigma und sind nicht gesellschaftsfähig. Den Betroffenen fehlt die Energie zur Konfrontation mit der Umwelt, die Scham ist oft sehr stark ausgeprägt. Bei Zwangserkrankungen beispielsweise beträgt der Zeitraum zwischen Auftreten der ersten Symptome und dem Beginn einer Therapie häufig zehn Jahre und mehr. Dabei ist gerade eine frühzeitige Therapie günstig für den weiteren Verlauf. Je chronifizierter die Erkrankung ist, desto schlechter ist die Prognose.

Das alles trifft auch auf mich zu: Essstörung erstmalig aufgetreten mit vierzehn, gekoppelt mit selbstverletzendem Verhalten (artifizielle Störung) und leichter depressiver Symptomatik. Schwere depressive Episode erstmals mit Mitte zwanzig und im Laufe der Zeit gesellte sich noch eine Zwangsstörung dazu. Ein langer Leidensweg also, bis es mi Ende dreißig zum Zusammenbruch kam. Erst da war ich bereit zur Therapie, die sich letztendlich über zehn Jahre hinzog. Was auch noch immer in vielen Köpfen stark verankert ist, ist die Angst vor Medikamenten.

Auch ich habe mich zu Beginn der Therapie vehement dagegen gewehrt. Vorstellungen von Sedierung, Eingriff in meine Entscheidungsfreiheit, Angst vor Gewichtszunahme usw. stärkten diese Abwehrhaltung. Mit viel Geduld und Offenheit konnte mich meine damalige Therapeutin überzeugen, dass ich die medikamentöse Unterstützung in Erwägung ziehen konnte. Im Nachhinein hätte ich diesen Schritt schon früher machen sollen. Die Medikamente waren wie ein Krückstock, der mir geholfen hat, mich auf die Therapie einzulassen. Die Ärztin hat mir nicht verschwiegen, dass es zu Beginn der Behandlung zu Nebenwirkungen kommt, diese aber wieder abklingen. Sie hat mir gesagt, dass der positive Effekt frühestens nach zwei Wochen einsetzt und dass sie dazu dienen, den Hirnstoffwechsel zu unterstützen. Wichtig dabei ist ein/e vertrauensvolle/r und geduldige/r Therapeut/in. Ich hatte das große Glück auf solche Helfer zu treffen.

März 2019

Zeitfracht Medien GmbH
Ferdinand-Jühlke-Straße 7
99095 Erfurt, Deutschland
produktsicherheit@kolibri360.de